西尾維新
NISIOISIN
Illustration
take

懸樑高校

戲言玩家的弟子

Kubitsuri Highschool

目次

登場人物簡介

哀川潤（AIKAWA JYUN）——承包人。

紫木一姬（YUKARIKI ICHIHIME）——委託人。

我（旁白）——男主角。

市井遊馬（SHISEI YUMA）——《病蜘蛛》。

萩原子荻（KAGIHARA SHIOGI）——《軍師》。

西条玉藻（SAIJOU TAMAMO）——《黑暗突襲》。

檻神能亞（ORIGAMI NOA）——理事長。

我犯錯時，人盡皆知；
然而我說謊時，卻無人察覺。

——歌德 Johann Wolfgang von Goethe

倘若將理論上一切不可能的機率全部都排除，得出的結論依然是不可能，那就真的是不可能。

那天雖然不是假日，我卻沒有去大學上課，而是待在公寓窩在榻榻米上專注於閱讀。是無住一円的《妻鏡》，我向隔壁的美衣子小姐借來有點舊的書（應該說古書更恰當），所以小心翼翼地翻閱，但看得相當散漫。讀書這件事基本上不是為了打發時間、就是為了用功學習，而當日我的情況屬於前者。因此，當敲門聲傳來，打斷翻頁的動作時，並未造成我任何的困擾。

「嗨～～好久不見——！」

來訪者竟然是哀川小姐。令人意外的並非哀川小姐來訪這件事，而是哀川小姐居然會做出敲門這種符合一般常識的行為，實在令人感到意外。不過就算追問她為什麼會敲門，也很沒意義，因此我只單純地回了一句「妳好，好久不見了」而已。

哀川潤——職業承包人，性別女。身材相當高䠷，整體外型與腿長比例皆屬上乘。雖然全身上下都以深紅原色為基調，看起來稍顯怪異，但撇開這一點不論，量身訂做的套裝卻是無可挑剔，並且擁有百分之百任何人都會肯定的美貌——唯獨那雙異常犀利的眼神除外。至於髮型，印象中原本是有瀏海的，大概已經留長了吧，充滿光澤的酒紅色垂及肩膀。

「哦，你手指的傷好了啊。」

「多謝關心。今天有何貴幹？啊，請進，上來坐吧。」

「哎呀，不必了——」

哀川小姐說著便朝我露出甜美的微笑，那種表情極少在她臉上出現——通常哀川潤的笑容總是充滿了嘲諷與惡意——因此我一瞬間看傻了眼。而哀川小姐就這麼帶著甜美的笑容將手搭上我的肩，帶著甜美的笑容將我摟過去，然後帶著甜美的笑容，將另一隻手裡握住的超小型黑色四方體，看起來像麻醉槍的東西，朝我的腹部一頂。

咚——沉悶的聲音從我心窩處傳來。

「啊，嗚……」

「反正，我們馬上就要出去了嘛。」

閉上眼前看到的哀川小姐，冷冷的表情完全不帶一絲笑容。

第一幕——狂言開始

0 這個世界只有絕對。

1

……咦。

有種奇怪的震動聲不停在耳邊干擾，我睜開眼睛，發現自己正坐在車上。用更準確的表現方式，是坐在鮮紅色眼鏡蛇敞篷車的副駕駛座。也就是說，剛才的震動聲應該是引擎運作的聲音，也就是說，這部跑車正在疾馳中，也就是說，駕駛座上有人。我沒有再細想下去，悄悄往駕駛座的方向一瞧，果不其然，正是哀川小姐。她悠閒地吹著口哨（可怕的是曲目為《平家物語卷一開頭》），一手握住方向盤，一手撥著前面的頭髮，似乎有些在意敞篷車迎面而來的強風不停將髮型吹亂。

「嗯？小哥，你醒來啦？早啊～」

「唔……早安。」我輕甩著頭，回應哀川小姐。「請問……這裡是哪裡？」

邊問邊側眼去看路過的風景，從車窗外的景物看來，目前應該是在高速公路上，而一時之間還無法掌握確切的位置，至少可以確定不是在我的公寓裡。嗯，話說回來，這裡是哪裡並不重要，眼前更重要的是，為什麼我會跟哀川小姐一起坐在跑車上兜風呢？完全摸不著頭緒。

「呃，不好意思……我的記憶一片模糊，想不起來怎麼回事。」

「哎呀——你實在很離譜耶！」哀川小姐立刻用高分貝的聲音大喊，轉過來看著我。「才一會兒功夫就忘掉了嗎？嗯，這也難怪，經歷過**那麼重大的事件**，就算因為過度驚嚇而喪失記憶力，也沒人會怪你的，畢竟是**那麼重大的事件**嘛。」

「重、重大事件……是嗎？」而且還強調了兩次。

呃，雖然已經忘了怎麼回事，不過看樣子我似乎又和哀川小姐一同被捲進某種事件當中了吧。原來如此，所以對於眼前自己坐在她的愛車副駕駛座這個狀態，也就完全可以接受，沒有什麼好奇怪的了。

「沒錯。那真是一言難盡，非常壯烈的悲劇呢。」哀川小姐表情相當嚴肅地看著我，然後又輕輕搖頭。「如果我再遲一步，你可能就沒命了吧……」

「可、可能沒命——被妳這麼一說才想到，從剛才我就覺得肚子莫名其妙地疼痛……」

「對，那正是被敵人攻擊的後遺症。可不是普通的敵人，而是擁有可怕能力的『強敵』唷……不過你放心吧，在你被我電昏……啊，不對，是你被敵人攻擊陷入昏迷的時候，我已經把所有事情都給解決了。」

接著哀川小姐便為受到重大衝擊而失去記憶的我，將這三天以來發生的種種，全部鉅細靡遺地解說一遍。雖然只是短短三天的事情，卻是驚天動地激烈戰鬥的過程，同時也是悲劇的不可思議的過程，血肉糢糊的過程，而且更是充滿愛與淚水的過程。據說我曾經遭遇無數次與死亡擦身而過的危機，每一次都是仰賴哀川小姐在千鈞一髮之際出手相救。又據說經過那樣的生死一瞬間，從鬼門關前回來，此刻居然還能夠四肢健全，簡直就是奇蹟。這些荒唐無稽的話，若非出自哀川小姐口中，我是絕對不會相信的吧。

「原來如此……那麼慘烈的事蹟居然都忘得一乾二淨，即使我再怎麼健忘，也未免太誇張了。潤小姐，我要重新向妳道謝。」

「喂喂喂，幹麼那麼見外啊。」哀川小姐輕輕聳肩。「我跟你的交情應該已經不需要把謝字掛在嘴上了不是嗎？」

說完她便轉過頭來，朝我豎起大拇指，露出燦爛的笑容眨了眨眼。瀟灑帥氣，不，不只是瀟灑帥氣，簡直是個難得一見的好人，我生平僅見最好的好人。也許我一直都誤會了哀川小姐，以為她是個尖酸刻薄的自戀狂，只會把我當成玩具耍得團團轉，看來似乎有必要重新認識她。

「不行，這份恩情我一定要回報，而且要加倍奉還。即使妳說不需要，我也非還不可。所以說，今後如果有任何困難，請務必讓我效命。」

「是嗎？唉，我知道了……既然你這麼堅持，再拒絕下去就顯得我不通情理，踐踏了你一片心意，那也很不應該啊……」哀川小姐一臉煩惱的表情。「對了，眼前正好、剛好、好巧不巧地有一件事情，只能拜託你，沒有其他人可以勝任，你願意幫個忙嗎？」

「當然，請放心交給我吧。戲言玩家會為妳赴湯蹈火在所不辭的。」

「太好了。」哀川小姐微微一笑說。

不知為何，笑得很邪惡。

「老實說，我們正在前往目的地的路上，嗯……澄百合學園，你知道嗎？」

「呃，聽過這名字。」

「除了名字以外呢，還知道些什麼？」

「這個嘛……」

澄百合學園——位於京都近郊，頂尖再頂尖，超級加三級，專屬於上流階層的名門女校——也就是所謂的千金小姐貴族女校。重視升學成績與身家背景於一切，被戲稱為「特權階級養成學校」，像我這種平凡人根本高攀不起，所向無敵的教育機構。

「呵，只有這些嗎？」

「對啊，其實不只澄百合學園，基本上，所有學校都是採取排外的祕密主義，不會讓情報輕易洩漏出去的吧。就連我剛才所說的資料，也是偶然間從玖渚口中聽說的。」

「啥？為什麼玖渚會知道這些東西？雖然她的確也是個千金小姐，不過那個自閉丫頭整天關在家裡，完全跟學校扯不上關係吧。」

「她有興趣的是制服啦。玖渚可是超級制服迷，老是嚷著『唔咿——人家只剩下澄百合學園的制服還沒收集到耶——』。」

「哦？那丫頭也會有得不到手的東西嗎？真是稀奇啊。」

「呃，不過她也曾經說過『只要本小姐的黑眼珠還在，就絕對不會放棄！』。」

「那丫頭的眼珠子不是藍色的嗎？」

「所以應該就是放棄了吧。話說回來，那個澄百合學園，發生了什麼事情嗎？」

「喔，嗯。我剛才說要拜託你的事情啊，就是——希望你能以**那身裝扮**進入校園裡，將某個女學生帶出來。」

聽到「那身裝扮」四個字，我這才發現自己身上穿的並非平日的衣服，不，應該說，是非常詭異的服裝。上半身是黑色的短袖上衣，胸前打著大蝴蝶結，超大衣領的邊緣車著一條直線，也就是所謂的水手服。當然，還附帶了必備的鮮豔領巾。而下半身，則是與上衣相同色系的典雅百褶裙。很顯然地，非常明顯地，完全可以確定的是，這並非男性穿著的服裝。

「那是澄百合學園的制服喔。哎呀——小哥真不愧是外表纖細的美型小哥，**那身裝扮**果然非常適合你呢。頭髮的長度也剛剛好，只要多抓一些瀏海到前面就非常完美了。沒有特色的人在這種時候真是太方便了。」

「——為什麼？」我用冷靜克制腦中的混亂。「為什麼我會穿著這麼花俏又可笑的衣服？」

這回的主題是女性主義嗎？我最怕討論什麼人權問題了，那不是年輕小夥子可以發表意見的領域。

「是我在你昏迷的時候幫你換上的。啊，那個……因為你的衣服沾到血跡，不得已只好先幫你換嘛。這絕對不是預謀喔。」

「當然，我也沒有那樣想啊。不過，呃……這副模樣，身為一個十九歲的男生，實在覺得很難為情……」

「你在說什麼啊，偵探男扮女裝可是推理小說的基本要素耶。幾乎可以說是沒有例外的公式，王道中的王道。就連那個有名的福爾摩斯，平常也是會以女裝出現的啊。」

「那是誰，我又不認識。」

「夢幻魔實也每三集就有一集會扮女裝喔，雖然是只有在冒險篇而已。」（註1）

「我比較喜歡怪奇篇……」

「還有那個靈界偵探，去高中女校偵查的時候，也一樣穿著裙子啊。」

「那能當作參考嗎？」

「《JOJO冒險野郎》在第二部潛入納粹基地時，也扮了女裝。」

「那能當作參考嗎？」

「甚至連麥克阿瑟將軍，在小時候也曾被規定穿裙子。」

「請不要拿歷史上的偉人當藉口……」

1　漫畫家高橋葉介的作品《夢幻紳士》的主角，昭和初期活躍於帝都東京的黑衣偵探，是一名身材纖細的長髮美少年，特技為快速變裝（尤其是女裝）。

「還有那個日本武尊啊……」（註2）

「已經開始扯到神話故事去了嗎？」

「零崎君也說過他有女裝癖喔。」

「請不要撒那種幾可亂真的謊。」

「聽說小彩喜歡扮女裝的男生喔。」

「請不要撒那種沒有說服力的謊！」

什麼跟什麼，越說越離譜……

而且哀川小姐未免也太熱愛少年漫畫了吧。

「沒辦法啊，既然是女校，男生總不能大剌剌地走進去吧。」

「話雖如此，但是……」

真的「話雖如此」嗎？總覺得，基本上有某個關鍵點是完全本末倒置的。

「哎呀真是夠了，囉囉唆唆地有完沒完啊。你從剛才就一直吐我的槽，是打定主意要跟我槓到底嗎？」哀川小姐終於開始發狠。「嗯？怎樣？你之前說的什麼赴湯蹈火，都是騙我的嗎？」

我明明白白記得自己並沒有作出踐踏人尊嚴的承諾，不過就如同哀川小姐所說的，千萬不能恩將仇報，於是我點點頭，說聲好吧，我明白了。的確，既然潛入的目

2　日本神話中的英雄，手持草薙劍，傳說為天皇之子，在《古事記》中稱為倭建命，一般公認是綜合西元四到六世紀諸多大和英雄而創造的虛構人物。

標是高中女校，即使是哀川小姐也會感到棘手，畢竟學校這種組織一向具有超乎常理的排外性質，更何況那是澄百合學園，特權階級的名校。哀川小姐不可能穿上這身制服潛進去（雖然我個人對此頗為期待），而我也不能穿著自己平常的衣服走進校門。雖然她為何選上我完全是個謎，不過能幫的忙我就盡量幫吧，反正有的是時間。「來，這是偽造的學生證，從大門進去的時候需要用這個刷卡通過ＩＤ驗證。」

「啊，謝謝。」學生證上貼著我的照片。準備得真周到，簡直像是早就計畫好的。

「請問……剛才妳說要把一個學生帶出來是嗎？也就是說，這次的工作是尋人囉？」

哀川潤的職業——承包人。簡單講就是任何艱鉅的任務，只要有相當的報酬，她都接受，是一種沒什麼高尚情操可言的職業。好比說解決密室殺人事件，或者收集情報、仲介非法交易、剷除殺人鬼、以及尋人等等，沒有範圍限制。可是像哀川小姐這樣第一線的高手，人類最強的承包人，究竟何方神聖需要勞駕她去找出來？

「說尋人也不完全對啦，不過感覺差不多就是了。澄百合學園是全體住校制，警備森嚴，要從裡面帶一個人出來也非常具有挑戰性。其實如果要來硬的，用暴力解決也不是不行，不過對方表示希望能盡量以低調的方式解決啦。」

低調解決——這對哀川小姐而言的確是個難題。『使用暴力比使用腦力更快更方便』是哀川潤的中心思想，就連需要邏輯推理的密室殺人事件，到了她手中也會轉變成激烈動作片。

「總之你這次的任務就是把一姬……那個學生的名字叫做紫木一姬，想辦法從校園裡救出來。」
「救出來……這個說法聽起來像是學校把女學生給拘禁了一樣。」
「意思差不多啦。學校這種地方，本來就是把學生關起來的場所不是嗎？雖然校方本身都會美其名叫做保護學生啦。」
哀川小姐言盡於此，沒有再詳細說明下去。她這人也不是現在才這樣，也無須感到奇怪，這個人向來沒什麼職業道德可言，解釋、說明等這類行為她一概不喜歡。
「反正就是這麼回事」——她在根本上有著某種單純的特質，對於任何事都愛講究邏輯跟理論的我而言，絕對是望塵莫及的境界。
「……算了，詳細情形就不問了，反正我也不是很感興趣。我只要負責把那位——呃，紫木小妹妹是嗎？只要把這名學生找到，然後將她安全帶出來就可以了吧？」
「真是通情達理啊，我就喜歡小哥這一點。啊，不過『把人找到』這個程序可以省略，對方會在約定好的地點等待。喏，這個給你——」
一張紙落在偽造的學生證上頭，裡面標示著地理位置，想必是澄百合學園的平面圖吧。這張小紙片上頭畫了一個紅色標記，看來就是雙方約定的地點，旁邊寫著『二年A班』。
「至於要怎麼把人給帶出來，就交給你負責了。其他部分由一姬本人來告訴你……**那丫頭**應該可以解說得非常詳細。」
不客氣地叫她「那丫頭」時，哀川小姐的語氣透露出一股獨特的親暱感，似乎她本身和那位少女有著某種關係。是朋友嗎？如果是的話，這回的任務也許一半是屬於工作，一半則是屬於私事吧。

「好，最後是這個……」姬的長相——」哀川小姐說著又把一張照片放到平面圖上。「不過這是紫木丫頭十二歲那年拍的，請你自行想像五年後的模樣。」

「正值成長期的少女，五年後不就等於是變了個人嗎？」

懷著不安的感覺，我注視眼前的照片，上面映著一個十二歲少女天真無邪的笑容。不帶任何嘲諷的表情，沒有不食人間煙火的出塵，也沒有傑作般的耐人尋味，就只是一張純粹的笑臉。對某些有特殊癖好的男性而言，肯定具有致命的吸引力吧。以此類推，成長五年之後的畫面——高中二年級啊——想必會是一個相當出色的美女吧。

「幹麼看得那麼入迷啊，該不會正好是小哥喜歡的類型吧？可不能亂來喔。」

「怎麼可能，沒有的事。我對比自己年幼的女生是避之唯恐不及。」說著便將照片翻到背面蓋住。「如果是年長的女生，我反而會考慮。」

「你的性癖好真是過度單純，單純到有點複雜的地步啊……算了，總之這件事情就拜託你了。還要開一段距離才會到達目的地，你可以先睡一下。」

「也好……啊，我可以提出一個請求嗎？」

「什麼請求？」

「等任務完成之後，這套制服能不能送給我？玖渚一定很想要。」

哀川小姐嘲諷地笑了笑，說「隨你高興，想要就拿去吧」，然後才專心開車。意思就是說，雖然我們一直都在高速公路上，但她並沒有專心在開車，非常恐怖的行為。

我揉著餘痛未消的腹部，將蓋著的照片又翻回正面，再度確認紫木一姬的長相。

嗯，雖然不明所以……

不過，似乎開始產生了一點興趣。

沒錯，這個女孩子散發出來的氣息——

「並非戲言，也許很值得期待啊……」

我低聲地喃喃自語著，沒有讓哀川小姐聽到，然後將照片收進胸前的口袋裡。

2

所謂幸福的人生，指的究竟是什麼呢？當然就客觀角度而言，幸與不幸之間，有著明確的區分，但是如果一個人無論處在多麼幸福的狀態下，都還是覺得自己很不幸，那他應該就是不幸福的吧。相對地，如果一個人無論處於多麼不幸的狀態下，都還是覺得自己很幸福，那麼她就是一個幸福的人吧。

倘若要用幸或不幸的標準來判斷一件事情，則自始至終都會是主觀的判斷。好比說，中了彩券頭獎的人是幸福的嗎？在一般人眼中，應該是很幸福的沒錯吧，但對中獎者而言，必須要經歷過「沒中獎」的不幸，才能真正體認到中獎的幸福。萬一此人是百發百中，不停在中頭獎的人，那麼中獎這件事情對他而言，已經不是一種幸福，只不過是日常生活當中的一項消遣而已。反之亦然，世界上又有多少人會認真為了沒中頭獎而哀聲嘆氣、搥胸頓足的呢？

說到底，人類對於幸與不幸的認知，全都是經由比較得來的。也就是說，所謂的平等，根本不可能存在於真實世界當中。也就是說，所有的價值觀，根本就不可能達到平等。幸與不幸的標準，若從全體人類的立場來看，結果就是會彼此抵銷，最後又化為零——

我步行在澄百合學園的走廊上，腦中開始胡思亂想，說不緊張是騙人的。沒想到我居然順利通過大門，順利潛入了校園。不愧是人類最強的承包人，連偽造證件都可以做得無懈可擊。甚至連我這身變裝，雖然並非出於自願，卻也是無可挑剔。從進門以來，我已經跟好幾個同樣穿著黑色水手服的學生擦肩而過，但似乎沒有任何人對我起疑心。

事情真的有這麼簡單嗎？這些人未免太沒有警覺心了吧。可惜身為一名入侵者，我也沒有資格囉唆些什麼，否則就是得了便宜還賣乖。內心一邊感到慶幸，一邊用不引人側目的速度加快腳步前進。因為不能大剌剌地把平面圖拿在手上看，只好憑記憶去尋找約定的地點「二年A班」教室。如果有學生在自己就讀的學校裡拿著平面圖東張西望地找來找去，一定會被認為是精神異常吧。

「至少表面上看起來是很普通的學校啊……」

既然是傳說中的貴族千金學校&升學名校，原本期待會有更新奇更另類的特殊發現，但仔細一想，對所謂的學校設施還妄想會有什麼意外的驚喜，根本就是錯誤的期待，或者可以說是不切實際的幻想。

「既然是哀川小姐委託的任務，想像中應該要更艱鉅更危險才對……不過照眼前的情況來看，似乎很快就可以輕鬆解決了，真是戰戰兢兢啊。」

究竟「戰戰兢兢」是不是這樣用的我也不太清楚，算了，無所謂，這並不是重點吧。我爬上樓梯，接著稍微迷了一下路，最後終於找到二年A班的教室。四周沒有任何人，嗯，時機正好。雖然沒有必要刻意加強行動的隱密性，但低調一點總比引人注意要來得好。

只不過——我忍不住懷疑——自己居然能光明正大地從正門走進來——實在是越想越奇怪。如果能夠輕易地走進來，那不就等於也能夠輕易地走出去嗎？原以為會門禁森嚴，對學生的出入有諸多管制，結果看樣子也不像。果真如此的話，那麼也不需要我或哀川小姐的幫助，那位紫木一姬小妹妹自己就可以離開學校了吧。既然能夠和我們約定會合的地點，就表示她並沒有被拘禁起來，沒有被限制行動嘛。

假如當時我能夠再多花點心思深入追究，或許就會發現這所學校瀰漫著一股「奇妙」的氣氛——與正常空間互相隔離的，某種異樣的感覺。

然而我卻沒有認真細想，就直接伸手去開二年A班的門，直接走進教室裡。同樣是極為普通的高中教室。不過我並沒有正式上過普通的高中，所以也不敢妄下斷言。

這些都不重要，重點是教室裡一個人也沒有。

「……咦？」

真傷腦筋。我才做好心裡準備，要跟那位紫木千金小姐面對面接觸的，難道她躲在教室裡的某個角落嗎？這並非不可能，如果要躲的話，應該是——

腦中剛閃過一個念頭，就發現放掃除用具的鐵櫃輕輕晃了一下。在窗戶緊閉的教室裡，幾乎無風的狀態下，鐵櫃是不可能會自己突然晃動的吧。唉——人就躲在裡面是嗎？原來如此，果然是高中生的頭腦，只會想到要躲在這種地方。以為自己的惡作劇會得逞，打算看著我錯愕的表情，好好嘲笑一番是嗎？可別當我是笨蛋，三天前的我或許會上當也不一定，但經過這三天的出生入死，我已經脫胎換骨了。對現在的我而言，這種把戲未免太過小兒科了吧。

「咦？怎麼會沒人呢？奇怪了——」

我邊說邊悄悄地朝鐵櫃走近。嗯，如果突然用力踹下去，對方一定會嚇得心臟跳出來吧。對小孩子的惡作劇必須要有適度的處罰。我站在鐵櫃正前方，想著要用左腳還是右腳呢，就在這時候——

突然一股寒意。

令我感到毛骨悚然，同一時間，背後被人用東西頂住。某種管狀的，冷硬的——彷彿是手槍的觸感——

「不准動，把手舉高。」

我聽從指示舉起雙手，沒有轉過頭去。就算不回頭，也能掌握一些情報。聲音很年輕——應該說是有點稚氣的女孩子的聲音。從聲波的來源去推斷，對方的個子比我矮小很多。

原來如此，鐵櫃是聲東擊西的障眼法嗎……我還是輕易地上了當，經歷過那麼多生死關頭，居然還會被騙，實在是非常離譜的失誤。我越來越相信，哀川小姐說的那些驚險體驗，其實都是編出來唬我的。

「你是誰？」

背後傳來這句質問，我故作悠閒地，用輕鬆的語調說著「我是哀川潤派來的」。

「別人問我是誰，我沒名字可以告訴任何人（註3）。不過我呢，這輩子只告訴過別人一次自己的本名，並且對此引以為傲喔。」

「……？」

對於我怪異的回答，背後那股冷硬的觸感，有一瞬間的鬆懈，雖然還不足以稱為破綻，但我立刻逮住機會，身體往左邊一閃，來個大迴旋。原本打算出奇不意直攻對手要害的，結果身體還來不及站穩，就因為太過緊張而跌了一大跤，非常難看的四腳朝天。「敵人」沒有錯過時機，立刻朝我逼近，然後對準我的額頭伸出——

一支直笛。

---

3 改自動畫《機器勇士倍功夫》主角羅姆的臺詞。

「……打招呼的方式也太過分了吧。」

「對不起，因為我從小就被教導，看到陌生人的時候要不動聲色地躲起來，再從背後接近。」

接著**這名少女**就舉起直笛，然後朝斜角緩緩放下，有如樂隊指揮的動作。

「哦，是嗎……」我推開直笛站起來。「……那麼，我來教妳大人的打招呼方式吧。」

我正面直視她，看著眼前這名肩上背著小包包，穿著黑色制服的少女。

毫無疑問地，正是照片上的女孩子。沒錯，毫無疑問地。即使那已經是五年前的照片了，但她的模樣卻幾乎沒變，就算說她絲毫沒有成長也不為過。嬌小到不能再嬌小的體型，天真無邪到有些幼稚的長相，以及——以及那張，純粹的笑臉。

「請多指教，紫木一姬小妹妹。」

第二幕——子荻鐵柵

荻原子荻 《軍師》
HAGIHARA SHIOGI

0

不存在不存在不需要存在。

1

紫木一姬——小姬說，她剛才躲在講桌底下。

「真是容易被發現的位置啊……進門以後只要稍微往左邊移動，馬上就會看到了不是嗎？」

「這就是重點啊。正因為如此，才沒有人會懷疑那樣明顯的地方嘛。就連師父不也是先注意『最可疑』的鐵櫃嗎？所以囉。」

「………」

「怎麼了，師父？」

「…………………沒事。」

前哨戰結束後，雙方互相自我介紹，小姬當場高聲地要求「請直接叫我小姬吧」。嗯，其實名字也只不過是一種記號而已，這點我承認，然而問題卻出在小姬對我的稱呼上。

「師父」。

並非對復古的措辭有什麼意見，而是她說「潤小姐的朋友，對我而言就等於像師父那種人！」，完全意義不明。而且「像師父那種人」這個說法，絲毫感覺不到任何尊敬的意念，甚至還讓人感覺自己被耍著玩。

「總之，我是負責來帶妳出去的……詳細情形據說問妳就好。」

「嗯……要我來說明啊——」小姬雙手環胸，做出陷入沉思的動作。「可是我沒有時間耶，而且小姬我最不會解說了，還是先想辦法趕快離開這裡比較重要吧？」

「…………喔。」不知該說她是沒口才還是沒腦袋，這樣的理由雖然很難接受，但或許就如她所說的，眼前先離開學校比較重要，況且也不能讓哀川小姐一直在外面乾等。「從正門出去需要學生證，妳有帶嗎？」

「有啊。」

那應該自己一個人就可以走出去了嘛。之前的疑問再度浮上心頭，可惜我覺得就算問小姬也沒用，光從這短短五分鐘的對話來判斷，就知道不能期待會聽到什麼像樣的回答。總而言之，小姬給我的第一印象是「無法用日語溝通的小女生」。

「好……那我們走吧。」

「好——」小姬像隻小狗似地繞到我身後，經過剛才的教訓，我立刻起了警戒心，不過她這次並沒有用任何東西頂住我的背。「出發——」

和劇情場景幾乎完全不搭調的開朗語氣，我不解地側著頭並走出二年A班教室。

我提醒她「小聲一點，別引起注意」，然後才踏入走廊。接下來只要循原路走回去就可以了，非常簡單，我絲毫不覺得還會遇上什麼難關，應該可以很輕鬆也很無聊地完成任務。能夠輕鬆結束我當然樂意之至，不過光憑這點小事真的就算報恩了嗎？這樣對哀川小姐似乎有些過意不去。

「對了，小姬，妳跟哀川小姐是什麼關係？」

「啊——！」小姬完全不看場合，立刻指著我大呼小叫。「不行啦，師父！要叫她潤小姐，不然她會生氣啦！」

「有什麼關係，誰理她……啊，不。我的意思是說，呃，反正她本人又不在場。好吧，那妳跟潤小姐是什麼關係？」

「這個嘛……師父手中不是有張照片嗎？當時潤小姐曾經救我一命喔，已經是五年前的事情了，真令人懷念啊。」又是完全不看場合，自顧自地閉起眼睛沉浸在回憶裡。「她是小姬的救命恩人呢。呵呵，所以我已經下定決心，只要是潤小姐的命令，就算叫我去死，我也會接受。啊，這絕對不是我很想去死的意思喔，當然我也相信，潤小姐是不會對我下這種命令的。師父你呢？你跟潤小姐又是什麼關係？」

「朋友關係，我們是朋友。只是交情不錯的朋友而已。」

同樣的話連說三次，就會越描越黑。果然，小姬立刻「哦？」了一聲，好奇地偏著頭。可惜我並沒有其他的答案可以回應，關於哀川小姐和我之間的關係——我根本從未認真思考過。我們只是因緣際會地認識，然後我因緣際會地跟她合作，被她玩弄，讓她欺負，就這麼回事而已。

相對之下，小姬非但還沒有向哀川小姐報過恩，甚至今天又多欠了一次人情。真是的，實在很想叫她跟我多學學。

當我們正要下樓梯的時候，看到兩個女學生從下面走上來。嗯，小心為妙，我停止交談，盡量避開那兩個女孩子的視線，想要裝做若無其事地跟她們擦身而過——

「**找到了！**」

其中一名女學生突然大喊，將我的如意算盤全都打亂。她伸出手指，越過我指著後面的小姬。我還來不及回頭問怎麼回事，就被小姬抓住左手，硬拖著往上跑——被一個嬌小的高中女生拖著跑，實在很難看，但我沒時間想那麼多，只能被她硬拖著朝樓上跑去，彷彿是在逃離剛才那兩個女學生。

彷彿在逃——應該說，我們的確就是在逃，因為那兩個女生已經追上來了。對方動作敏捷地緊追在我們後面，雖然我搞不懂小姬為什麼要拔腿就跑，也搞不懂她們為什麼要追上來，但眼看我們就快要被逮到了。

——剛才對方說「找到了！」。

也就是說，小姬正處於「被尋找」的狀態嗎？哀川小姐這次的工作是「尋人」——兩者之間有何關係？算了，我也沒時間想那麼多，眼前正在逃跑中，最應該注意的事情是不要被逮到，只能專注在這件事情上。然而跑在我前面的小姬，腳步實在不算快，應該說根本就是太慢了，慢得胡說八道。這也難怪，因為她的步伐甚至還不到正常人的一半啊。

「抱歉，失禮了——」

我加快速度趕到小姬的身旁，然後伸出手直接把她抱起來。

「哇——！」

小姬發出驚天動地的尖叫聲，卻沒有掙扎。如我所料，身體很輕，甚至比想像中還要更輕。反正後面在追的也是女孩子，這點重量不會造成我的負擔——讓小姬跑在前面才叫做真正的負擔。於是我持續加速，成功地甩掉後面那兩個女學生。其實對方似乎一開始就沒有追得很積極，總之我在校舍裡沒頭沒腦地狂奔，等回過神來，後面早已經沒半個人影了。

「跑到這裡應該就安全了。」

抱在腋下的小姬這麼說，於是我停下腳步，將她放下來。環顧四周，感覺是個陌生的地方，也沒什麼好意外的，畢竟跑了那麼長一段距離。雖然穿著制服偽裝成本校的學生，但我實在忍不住想拿出平面圖來看。

「……呼——」沒有暖身就全力奔跑，心臟劇烈跳動到顫抖的地步，雖然不至於精疲力盡，但還是很想休息一下。「……不能直接坐在走廊上，我們進去那間教室吧。」

「好。」小姬爽快地點頭。「沒想到師父居然力氣這麼大，真是人不可貌相耶。」

「也沒什麼好誇耀的，只不過是因為妳特別輕而已。」我坐到講桌上。「對了……小姬，妳該不會已經被盯上了吧？」

「對啊。」再度爽快地點頭。「你不知道嗎?小姬正被學校通緝喔,所以才需要師父跟潤小姐的幫助啊。」

她的語氣就像在對小孩子說明非常簡單的道理,然而這件事我根本就毫不知情。原來如此,難怪剛才那兩名學生會有那樣的反應,因為正在通緝中的人被她們「找到了」嘛。

沒有被拘禁起來,其實指的是「目前還沒有」被拘禁起來吧?小姬當時躲在講桌底下,並非故意要嚇我的惡作劇,而沿途經過的那些學生,即使表面上完全看不出任何異常的氣息,其實她們也同樣在尋找小姬吧?原來……**正因如此**,所以才需要我這個救援者。此時此刻,小姬是無法一個人獨力逃出這間學校的。

「什麼跟什麼……這種事情應該要先講清楚嘛,至少我還能先想好對策啊……否則不就是白白等人來抓嗎?」

「因為師父來帶我出去的時候,一副自信滿滿的模樣,我以為你已經有什麼妙計了嘛。」

「…………」怪我嗎?算了,站在客觀角度來看,也許真是我的不對。「問題是,妳做了什麼壞事嗎?會被通緝被追捕,總也有個理由吧。」

「……嗯——我並沒有做壞事啊。」小姬低聲說著。「別人看來也許會以為有,可是我自己也不太清楚為什麼會被通緝。」

「難道是校園暴力?該不會大家聯合起來陷害妳吧?」

她怎麼看都不像是個被欺負的女學生，但人不可貌相，光憑外表判斷是不準的。即使是千金小姐專屬的升學名校，也難保沒有校園暴力，既定形象只是一種偏見而已。

「校園暴力……也還好，應該不算吧。」

小姬的回答很模稜兩可，感覺像是刻意要轉移焦點。這種態度傳遞出一個訊息……「不知道的事情還是別知道比較好」，似乎是為了我著想。

「這間學校……不太對勁，雖然事前已經有基本了解，知道它的特殊性質，但……好像不只這樣。小姬，就麻煩妳詳細說明一下吧。」

「簡而言之呢，這裡是一所高中。」

還真簡單。

「那換我來反問你……師父對這間學校的『基本了解』，究竟有多少呢？」

「這個問題，哀川小姐也有問過我。」

我把對哀川小姐說過的答案，同樣也對小姬說一次。她聽完點點頭，也跟哀川小姐一樣，說了句「只有這些嗎」，但表情又稍微多了一點點的鬱悶。

「那師父，你有沒有聽過周圍的朋友……或是朋友的朋友也沒關係，不，就算不是朋友也沒關係，你有聽過任何人通過這間學校的入學測驗嗎？」

「嗯？我想想……印象中——從來沒有吧。」

「如果以為『只是湊巧沒有』，就大錯特錯了。那我再問一個問題，你有認識任何校友——也就是從這間學校畢業的人嗎?」

「我想想——……呃……咦?」

奇怪了,一個也沒有,完全沒印象。不,不對——這是不可能的,澄百合學園別說在日本,就連全世界的知名大學都有相當可觀的推薦入學人數,是一所超級升學名校,在畢業校友當中,**應該要**出現許多知名人士才對——然而我卻想不出任何一個?這叫做——**只是湊巧沒有**而已嗎?

「重點就在這裡喔。」小姬說。「**沒有人入學,也沒有人畢業**——這種高中,不可能是一所普通的高中吧?」

「可是,澄百合學園——」

「咦?」她露出吃驚的表情,似乎真的被嚇一跳,但隨即又恢復正常。「啊啊,澄百合學園——是這間學校的名字嘛,差點就忘記了。聽你一說我才想起來,『老師們』都是這樣稱呼的沒錯——不過我們『學生』對**這間學校**,可不是用那個名字來稱呼的喔。」

「那妳們……都叫它什麼?」

「『懸梁高校』……」

聽到這個極端自虐的名稱,我不由得為之語塞。

學校。

徹底的排他性和祕密主義,說是潔癖亦不為過,完全封閉的密室組織。無論當中發生任何事情，從外界都是無法窺知的。若再加上「升學名校」或是「千金小姐專屬」等頭銜，就會更令人感到遙不可及，高不可攀。意思就是說，**裡面的人不管做了什麼**，也不會輕易洩漏出來——不是嗎？

究竟——哀川小姐交給了我一份什麼樣的任務？

總覺得——自己已經被捲進詭異的事態中，難以抽身了。也許就在不知不覺間，我的雙腳又踏入危機四伏的地帶，連自己都沒發現。

「唔——」小姬沉吟著，指尖在臉頰上點了點又放下來，這似乎是她的習慣動作。「傷腦筋耶，小姬也不知該如何是好，我還以為潤小姐至少會把這部分先告訴你說——」

看來在情報傳遞的過程中間出了點差錯。不過這也不能怪小姬吧，誰會曉得要來救出自己的人——嗯，說得直接一點就是救出吧——居然會像我這樣一問三不知，完全在狀況外，誰想得到才有鬼咧。

「可是為什麼哀川小姐沒有告訴我呢……不知道這些事情，根本就沒辦法達成任務嘛。」

沒錯，要怪也應該去怪哀川潤。

那位不按牌理出牌的大姊要負全責。

「嗯——不過潤小姐也沒想到事情會演變到這種地步吧。我在前往約定地點會合之前，就察覺事情不太妙，通緝情形好像比潤小姐所想的還要更嚴重呢。即使已經躲得很有技巧了，依然會被人家發現，就連這間教室我們也不能久留。」

「沒辦法跟哀川小姐取得聯繫嗎？既然能約定會合的地點，就表示妳們已經接觸過了吧？」

「我跟她聯絡的時候，還沒有被通緝，所以宿舍的電話還可以正常使用啊。」

「唔……」

她不是因為被通緝才想逃離學校，而是因為想逃離學校才遭到通緝——是這個意思嗎？但如此一來，學校不就宛如看守所，不，或許不是「宛如」，根本就是等於。

「原來如此啊……」

即使嘴上講著原來如此，其實我對整件事情依然在狀況外，完全沒有概念。眼前我所知道的，只有這裡不是一間普通的學校——更不是什麼升學名校或貴族千金學校，而是一個不尋常的詭異場所。

「不尋常嗎……這種感覺的確越來越明顯了。」

倘若真是如此——那麼這裡就成為我的戰場了。雖然劇情發展與之前的想像漸行漸遠，但無論是賊船也好破船也好，總之我已經上了船，確定回不了頭了。

「事到如今，我們只好暫時躲在這裡，慢慢思考對策囉。沒什麼好擔心的啦，萬一師父跟小姬真的出不去，潤小姐一定會來救我們的。潤小姐最講義氣了，她絕對不會丟下我們的。」

「躲起來？」我跳下講桌，走向窗戶，背對著小姬說。「正好相反——**既然已經被**

發現了，要躲也很難躲，我們兩個在這棟校舍裡的行蹤已經曝光了，必須立即想出對策。」

我打開窗戶，然後抬起旁邊的一張桌子，從窗口扔下去。剛才只顧著逃跑，根本不知道自己來到幾樓，而桌子墜地的重響，過了幾秒鐘才傳來，可見得肯定有相當的高度。我不以為意，又接著把跟桌子一組的椅子，還有後面的另一張桌子，同樣也抬到窗口丟下去。

「你、你在做什麼？」小姬趕緊拉住我。「這樣太明目張膽了吧！等於是在叫人家來抓我們嘛！」

「雖然我今年三月才剛滿十九歲，可是呢——」我在丟下第六張桌子之後停手，將小姬毫無意義的羽量級箝制給解開。「這十九年來，我的腦中只想著要如何與別人勾心鬥角，想著要如何躲過別人的攻擊，是不停思考逃命的手段，才得以生存下來的。儘管目前還不清楚**這裡**究竟會有多少危險，但無論如何——『地點』絕不足以構成我逃生的障礙。」

遙遠的地面上，堆積了許多摔壞的課桌椅，而周圍尚未出現任何人。那麼巨大的聲響，不可能沒有任何人發現吧——包括那些正在尋找小姬的傢伙們，應該也都注意到了。既然有注意到，當然就會朝正上方的教室展開搜索，除了這間教室，還有其他間教室也都會一併搜查。我的戰術就是——**刻意留下迂迴的足跡讓對方繞遠路**，一種拖延時間兼消耗體力的做法。

「所以這裡很危險，我們趕快離開吧。」

「……好。可是，小姬也很少來這一帶──我不太清楚該怎麼走耶。」

「沒關係，我有一張平面圖──」手伸進口袋摸索。「……不見了。」

豈止平面圖，連小姬的照片也不見了，只剩下偽造的學生證留在制服胸前的口袋裡。看來是剛才逃跑的過程當中遺失的。什麼跟什麼嘛，才胸有成竹地發下豪語，結果第一步都還沒跨出去就先出糗。

「……呃，反正我們剛才是往上跑的，所以現在只要下樓應該就能離開這棟校舍了吧。只要走出這棟樓，一定可以找到方法逃離學校的。」

「……好吧，總比待在原地有用。」小姬無奈地說。「不過沒想到師父居然是個性這麼積極的人呢，實在很意外。」

「啊，喔，還好啦……」

我含糊其詞地敷衍過去。想當然耳，我根本不是一個積極的人，真正積極的人，不會十九年來都在思考欺騙別人的方法。如果可以的話，我也希望能待在原地，默默等候哀川小姐的救援。

然而──我卻不經意地想起，當小姬說出這間澄百合學園又叫做懸梁高校時，她一臉陰鬱的表情。我不願讓她再出現同樣的表情，也覺得有什麼地方不對勁，這並非要回報哀川小姐的救命之恩，而是我自己認為必須有所行動，一種宛如使命感的念頭。

沒錯，也許我是不小心將兩個人的影子重疊了。將紫木一姬以及──「學者」時代的那抹藍。

因此，這甚至算不上是對小姬的保護欲，純粹只是一種自我滿足——不，對我而言，只不過是一種自發性的中毒症狀而已。

真是的，簡直令人難以承受的戲言。

此時此刻，我尚未掌握事態的嚴重性，完全不了解自己被捲入多大的漩渦之中，什麼都還搞不清楚，所以當下的行為表現確實是出於愚蠢的衝動，稱為暴走亦不為過。儘管如此，身為一個消極的戲言者，卻也是非常難得的經驗，我想我是絕對不會後悔的吧。

即使明知道，不可能不後悔。

即使從未有過任何一件事，能讓我真的不後悔。

2

「其實就連小姬我啊——也還搞不太清楚耶。」

如果要下樓，直接沿著原路往回走是最簡單最迅速的方法，但未免太過莽撞太過冒險。首先必須要找出跟之前不同方向的樓梯——可惜我們一直找都找不到，這麼龐大的一棟建築物，應該不會只有一座樓梯吧。

剛才自己一個人進來的時候，因為是照著平面圖的路線走，並沒有注意太多，如今仔細一看，這棟建築物簡直——簡直有如迷宮般，是一座會讓人迷路的立體結構。那股始終盤旋在周圍的詭異空氣就是源自於此嗎？其實內部構造並沒有非常複雜，但建築物本體卻迂迴得很奇妙。非常地迂迴，光是走在裡面就會讓人產生不舒服的感覺。明明是一棟造型新穎又寬敞的建築物——這樣的**結構設計**，究竟隱含著什麼意義呢？

「身在其中根本沒辦法判斷**這裡**是什麼樣的地方，是好是壞，是優是劣，幸或不幸，必須要有比較的對象才能分辨出來。所以小姬自己對這間學校實在沒辦法下判斷，所以才沒辦法好好說明嘛。」

「……我倒認為沒必要想得那麼複雜。」終於發現前方不遠處有樓梯，我邊留意周遭的情況邊回答小姬。「**是好是壞**，實際上根本就無關緊要，究竟適不適合自己，才是問題所在。既然妳會想要逃離這間學校，那麼我覺得只要知道自己的選擇就夠了，接下來只要設法排除一切的阻礙。」

任何人都應該被賦予逃跑的自由與權利——這句話我留在心裡，並沒有說出口。

「不過呢——我已經知道這間學校所從事的並非普通的高中教育，所以小姬，妳這一年來，都在學些什麼呢？」

「我說過了啊，就是『要在看到陌生人的時候不動聲色地躲起來，再從背後接近』嘛。」

那不是開場白的玩笑話嗎？

嗯——現在回想起來，說得誇張一點，當時我的生殺大權的確就掌握在小姬手上，當然，直笛是沒辦法用來殺人的。

也就是說——這間澄百合學園，是培養某種特殊技能的——**研習所**——有如**訓練所**的地方是嗎？姑且不論合法與否。

過去我曾經參與過的ＥＲ３系統「大統合全一學研究所」，也有著相同的內幕。該組織遊走於合法與非法之間的邊緣地帶，其中一個名叫「ＭＳ－２」的部門，就是負責將人類的精神層面與肉體層面同時強化到最極限——也就是專門**製造**「苦橙之種」的地方。對於人體機能各種界線的測試，其實所有部門都在進行，只不過沒有到那樣極端的地步而已。就連身為留學生的我，也曾接受某種特殊的訓練，可以稱之為程度落後而自動淘汰的輟學生吧。

然而如果**這裡也是有著同樣性質的場所——那麼在這間學校之上**，究竟還有著什麼樣的組織存在？能夠維持如此龐大的設施運作，又能夠維持如此特殊的神祕度，想必要相當於玖渚財團的規模才辦得到吧。倘若真是這樣，則與對方為敵，本身就是不智之舉。沒錯，終究只能自己夾著尾巴逃走，別無他法。

真是的，這簡直叫做掛羊頭賣狗肉，跟原先預料的發展完全背道而馳。我當然沒有幻想著要潛入女子高中認識天真單純的千金小姐，經歷一場漫畫般的夢幻體驗，但也沒必要搞得像二次大戰時期的陸軍學校吧，未免太誇張了。話說回來，狗肉或許比羊頭美味也不一定。

「——奇怪了……」才往下走了一層樓，我就察覺到不對勁。「明明發出那麼劇烈的聲音，卻似乎完全沒有引起騷動——感覺不到校舍裡有其他人的氣息存在。」

「你能感覺到別人的氣息嗎？」

「因為我很神經質，對別人的視線或氣息都會特別敏感……可是從剛才到現在都感覺不到有任何人在走動。雖然我並不想被抓，但至少也應該要突破幾個難關才合理吧……像之前那兩個女學生都已經目擊到妳的出現了啊。」

即使不清楚確切的位置所在，至少對方也應該要有一些反應跟行動吧。

「沒有人追上來，我們不是正好樂得輕鬆嗎？真是甜食地利人和啊。」

「……？啊，是天時地利人和吧……算了，那不重要，總之繼續下樓梯感覺滿危險的……先繞到走廊去吧。」

「這就是所謂的直覺嗎？很黑科學的說法耶。」

「應該是非科學的說法吧。」我看了她一眼。「小姬，妳該不會是在美國長大的吧？」

「哇——！你怎麼會知道！」

「……直覺。」

閒話少說，言歸正傳。

以目前的狀態來看，周圍有人埋伏的可能性非常高。仔細思考，如果小姬的目的

「逃離學校」這件事已經曝光的話，對手根本沒有必要窮追不捨。剛才那兩個女學生之所以半途而廢，很有可能就是基於這一點，理由不難想像。

果真如此，那就必須要更深入推敲對手的計謀。

「……唉，傷腦筋。」

儘管被捲入複雜的事件當中，情緒卻突然變得有點愉悅起來。一向最怕麻煩的我，最討厭惹事生非的我，居然開始產生愉快的心情。

是因為小姬的關係嗎？我邊在走廊上穿梭邊思考著，把事情歸咎到別人身上雖然很不負責任，卻也符合我的作風。小姬擁有超級樂觀的開朗性格，就算被逼上絕路，面對危急狀況也毫不在乎，只要看著她，就會覺得一切悲觀沮喪或煩惱憂愁的想法，都顯得愚蠢又荒謬。這無須戲言，是確實存在的觀感。

果然——真的很像啊。

比實際年齡幼稚許多的容貌，天真無邪加天然單純的風格，這些**成分**，都與「那丫頭」實在太過相像了。只是純屬巧合嗎？我一直以為，「那丫頭」是絕對不會有同類存在的……

總覺得哪裡不太對勁，彷彿X×Y算出來不等於Y×X那樣的怪異。

「師父，怎麼了嗎？你一直盯著我看……哈！難、難道你？」

「並沒有。」我立刻否定，不想再降低自己的水準。「這裡是幾樓？從窗外的景色來看，應該不只三、四樓而已，以京都來講算是相當高聳的建築物了……不過這裡是偏僻的郊外，再高也沒什麼意義吧。」

「這就是所謂的人往高處爬，高處不勝寒嘛。」

「乍聽之下很順，其實兩句根本牛頭不對馬嘴。」

小姬歪著頭「哦？」了一聲……就在這時候——

離我們最近的一間教室突然開了門，從裡面衝出四個傢伙——全都和我們穿著同樣的黑色制服——四人一齊朝小姬撲上去。撲上去，對方的舉動只能用這個字眼來表現，非常地粗暴凶猛。小姬連抵抗的機會都沒有，直接就被壓在走廊地板上，被四個人合力固定住手腳，動彈不得。

「…………！」

埋伏——剛才就擔心有這個可能，但為什麼會是出現在這裡？如果埋伏在校舍出入口附近也就算了，埋伏在半路上根本沒有意義可言，正因如此，我才判斷走廊比較安全，才沒有繼續下樓梯——

「——**正因如此**，是嗎？」

可惡，居然反過來被敵人看穿自己的心理，真諷刺。

而且重點是，那四個埋伏的傢伙**全部都**朝小姬撲過去。雖然我並不孔武有力，體格也算不上好，但至少看起來還是比長不大的小姬強壯吧。結果這些人完全忽視我的存在，**只攻擊**小姬，那就代表了一件事情——

教室裡還有**其他伏兵**正伺機而動。

而且，是凌駕這四人之上的伏兵。
「師、師父——」
小姬一開口就被摀住嘴。那四人連看都不看我一眼，證明她們對教室裡按兵不動的人非常信賴，所以才會認為根本沒必要防備我。
開什麼玩笑啊……
要比耍心機，我豈會輸人。
「——在下萩原子荻。」
對方一邊報上姓名，一邊走出教室——然後直勾勾地盯著我看。令人背脊發寒的冰冷視線，動也不動地注視著我，彷彿正在評估一樣貨品。身上穿著同樣的黑色制服——表示她也是這間學校的「學生」，長達腳踝的直髮非常地美麗，讓我無視於自身的處境，一時間出了神。令人出神的，還有她——子荻小妹妹全身上下散發出來那股，宛如武士刀的利刃一般，充滿魅惑的氣息。
如果說小姬可以和學者時代的那抹藍色相比擬，則眼前這位，便相當於那道人類最強的深紅——
「簡單講，算是扮演軍師的角色。」
「哦……『軍師』是嗎……」我點點頭，往後退一步，感覺到對方的氣勢逼人。「看樣子，我們完全是自投羅網，中了軍師的『計策』，沒錯吧？」
「……哎呀，你該不會是男的吧？」子荻突然問我，似乎是聽到聲音才發現我的性別有問題。「……很久沒遇到同一個年齡層的男生了，妳們也趁機見識一番吧。」

她對那四個壓制小姬的人，發出匪夷所思的指令——不，不應該這麼說，對方可是號稱「軍師」的角色，不可能會發出什麼「匪夷所思的指令，其中或許隱含了某種意圖。

「好了——慶紀、蘆花、阿彌、朱熹——把那個女孩子帶到老地方去。手腳固定住，可不能放水喔。至於這位男性，就由我來負責。」

四個人聽完她的吩咐便點點頭，然後把小姬拉起來，直接拖著走，朝前面的樓梯走去。我並沒有出手制止，反正眼前是銅牆鐵壁，不宜輕舉妄動。

直到這時候，我才發現之前在樓梯間遇上的那兩個女學生也參雜在其中，於是我轉頭問子荻。

「……剛才妳叫她們的名字——全部都是本名嗎？聽起來實在很不像啊。」

「呼——真是好險。」她沒有回答我的問題，甚至連看都沒看我一眼，自顧自地嘆了口氣，像是剛完成一件重要的工作。「總算在『病蜘蛛』出動以前就把事情給解決——真是不幸中之大幸啊。」

「……妳是不是忘了什麼？」

「嗯？啊啊，你還在啊，好的好的……」子荻露出與年齡不相稱的親切微笑，轉過身來對著我。「沒事了，請回吧，我送你到大門口。」

「…………」

「我的意思是——**這次事件姑且不追究，所以你快滾吧**——聽懂了嗎？女裝癖先生。」

「傷腦筋，我就知道這樣很容易被誤會。」我刻意壓低聲音對她說：「不過本人可沒有那麼心地善良——而且非常討厭失敗，尤其在原本有勝算的情況下。」

「真是小心眼啊，跟我很像呢。」

話剛說完，她立刻出招，以迅捷如風的動作——那確實是武術中的招式——扣住我的手腕反折到背後，直接固定肩膀的關節。前一秒明明人還站得好好的，結果卻在轉瞬之間被控制住，完全動彈不得。而且對方還是身材如此纖細的女孩子，不能拿被偷襲當藉口，根本就是自己的疏忽。

「雖然身為軍師並不擅長實戰——不過至少我有學過基本的防身術。」

「這間學校連防身術**那種東西**都會教嗎？」

「對於你的問題，正確答案是『我們只教**這些東西**』……不過呢，你實在太不識相了。」她加重力道，肩膀傳來一陣陣的劇痛。「都被逮到了，態度還敢如此囂張……真是不知死活，連求饒的方法也不懂嗎？」

冰冷的聲音。壓倒性的冰冷。我對這間學校徹底改觀了，什麼研習所訓練所，那些膚淺的用詞根本不足以形容，這間學校其實——其實完全就是——

一個戰場。

「你應該已經過了高中生的年紀吧？聽好，為了表達對長輩的敬意，慈悲為懷的我決定提供給你兩種選擇——一是乖乖屈服於我，一是當場肩膀脫臼。」
「——閣下是哪一國的總統嗎？」
「不不不，我只不過是團體中一名小小的主將而已——甚至連主將都稱不上，只是一名軍師罷了。」
「那剛好，我是一名連箴言都稱不上，純屬戲言而已的玩家，作為妳的對手，可謂相得益彰——」
「喀」地一聲，肩膀的疼痛加劇。看來這位子荻小妹妹自己喜歡開玩笑，卻不允許別人對她開玩笑，真是任性啊。
「……不過有件事情我實在想不通。」子荻稍微放鬆力道，接著說下去。「所謂想不通——就是夾雜了不確定因素的狀態，對一名軍師而言，這並非好現象，因為不確定會令人產生不安。」
「…………」
「你為什麼，能入侵這所學校？」
她並非問我「怎麼辦到」，而是問我「為什麼能」，聽起來就像是直指問題的根源，不問過程方法，彷彿直接動搖世界根本的問題。
「……也沒什麼，就使用偽造的學生證……加上我又穿著制服，所以才沒被發現的吧。」
「你的意思是說，光憑這點小把戲就瞞過本校的學生了？是在暗示本校的警備系統程度太差嗎？」

沒錯——以我目前所知的澄百合學園，不，是「懸梁高校」的真實內幕而言，很難想像光憑這樣簡單的變裝就可以闖關成功。即使不開口能夠模糊性別特徵，但外來者的身分應該還是會輕易被看穿才對。子荻會感到疑惑並非沒有道理，只不過我也沒有答案，甚至連我自己都很想問為什麼。只能說是偶然的幸運吧。

「你該不會要說出『只是偶然的幸運』這種戲言吧——」

子荻如此說完，再度扯緊我的手臂。她本人似乎自認為已經將力道控制得當，但被扣住的人卻很難承受。另一隻手碰不到背後的子荻，而且——我現在被壓著，腳跟朝上，也沒辦法用踢的方式反擊。她這招擒拿術，是普通人不可能會使用的，相當高明的格鬥技。

格鬥技，**也就是說**，必然有破解招數。

「其實答案非常簡單啊。」我平靜地說：「因為妳是個超級大笨蛋所以才想不通嘛。」

「喀——」地一聲，感覺到背後傳來惱羞成怒的音效。下一個瞬間，子荻又將我的手臂更用力旋轉九十度——接著「啪」地一聲，傳出肩膀脫臼的聲音。

「——咦？」

這聲錯愕的驚呼，來自於讓我肩膀脫臼的元凶。

手臂脫臼反而讓我恢復自由，我立刻翻身，正面朝向尚未脫離錯愕狀態的子荻，用沒有脫臼的另一隻手，使盡全力毫不留情地往她胸前狠狠一揍。任她再怎麼伶牙俐齒，終究只是個十來歲的小女生，身體依然不堪一擊地飛出去，如朽木般悽慘地摔在走廊上。

「——嗚！」

然而不愧是子荻，落地前似乎及時做出防護動作，馬上就撐起上半身，犀利的目光瞪著我。我若無其事地面對她的視線，張開沒受傷的手臂，一副輕鬆自在的模樣。

「對於妳剛才的質疑，我仍舊只能回答『純屬巧合』，不過接下來妳可能還會有另一個疑問，我就直接回答吧——上個月我被捲入某起事件當中，當時雙肩都曾經脫臼過一次，雖然已經忘記自己是怎麼受傷的了，不過呢……事後演變成習慣性脫臼，現在正處於容易脫臼的狀態。」

「——嗚……」子荻吃痛地呻吟一下。「所以你是故意用激將法，好讓自己脫臼——」

「剛才妳說過自己是『軍師』沒錯吧？我的立場也跟妳**差不多**，因此非常清楚，一旦發生任何超出計算之外的情形，就會引起很大的混亂。『**這點力道怎麼可能會脫臼**』——妳的想法我瞭若指掌。」

其實肩膀真的很痛，但我仍面不改色，得意地講解，心裡則盤算著「接下來該如何是好」。雖然用計掙脫了對方的箝制，卻不代表自己已經處於優勢，甚至可以說反而火上加油。必須趁子荻內心的混亂尚未平復，運用三寸不爛之舌設法脫身，否則——

否則我就追不上那四個人，就來不及救回小姬了。

「——以為自己是正義的使者嗎……」

我自虐地低聲說著，對於自己居然會想出手救人——居然會有救人的念頭，根本連想都沒想過，還以為這種時機永遠都不會到來。難道一切只是隨波逐流嗎？就如同平常的我，並沒有任何情感，就只是隨波逐流而已嗎？

子荻用怪異的眼神看著我，隨即又突然睜大雙眸，視線越過我的頭頂，望著更後面的方向。

「——你很拚嘛，小哥。」

這句簡單的臺詞，彷彿「在街上巧遇的寒暄」般輕鬆自然——說話者一掌拍上我的肩頭，正是脫臼的那一邊，痛到了極點。

「——哀川……小姐？」

「不准用姓氏稱呼我——已經講過好幾次了吧，嗯？」

肩上的手掌微微施力。

「是的——潤小姐。」

我的雙眼沒有離開子荻，就這麼跟背後的哀川小姐對話。但子荻並沒有與我四目相接，這是當然的，身為軍師，面對人類最強的紅色，怎能愚蠢地掉以輕心。

「哈哈哈——我果然還是不放心讓你一個人進來，所以就來幫忙啦。」

「拜託別鬧了好不好……那妳一開始就應該自己來嘛……」

「這個愉快的話題我們回去再聊，先解決正事吧。嗯，這位——子荻小妹妹是嗎？妳應該知道我是誰吧？」

「……嗯，我知道。」子荻的眼神完全不能和之前面對我時相比，非常犀利地盯著哀川小姐。看來……剛才對付我還算是遊刃有餘的。「鼎鼎大名的紅色征裁，『一入學』就聽說過了。」

「那真是我的榮幸。」哀川小姐笑著說，一臉的揶揄。「——所以呢？子荻軍師小妹妹，接下來妳還打算使出什麼計？」

「三十六計，走為上策。」

子荻理直氣壯地說出這句話，然後俐落地站起來，態度大方，表情從容，絲毫不帶一點畏縮和恐懼。與其說她勇敢——更應該說是自負。我從未見過有哪個「敵人」敢在哀川小姐面前擺出這種姿態，況且還是一名未成年的小女孩。

實在，非比尋常。

「妳以為妳逃得了嗎？」

「當然可以——反正那位女裝癖先生已經受傷了。」子荻微微一笑。「紅色征裁為人非常講義氣——這一點我可知道得相當清楚。」

「…………」

「然後，還有你——」她睨著我。「**你對我所做的事**——請牢記在心，千萬別忘了。」

「啊？」

我對她做了什麼？

我還覺得自己才是被害者咧。

「後會有期，二位請保重。」

子荻說完便轉過身飛奔而去，短裙和長髮隨風飄動。我以為哀川小姐一定會追上去的，結果——她仍然把手放在我肩膀上，連一動也沒動。

「潤小姐，讓她逃走真的沒關——」

我焦急地想回頭問哀川小姐，沒想到這時候——

「師父——！」

不知道從哪裡蹦出來的小姬打斷了我的說話和動作，一股腦地撲上來。即使她再怎麼身輕如燕，突如其來的衝擊也足以將我直接撲到在地。

搞什麼鬼啊。這個死丫頭妳想謀殺我是不是——心裡連聲咒罵，一抬頭卻看見小姬正壓在我身上，眼淚大顆大顆地掉個不停。面對這樣一張臉，什麼話也罵不出口了。

「嗚哇哇哇……」她邊嗚咽著邊摸我脫臼的肩膀。「你、你的肩膀……對不起，都是因為我——都是小姬、都是小姬害的……」

「…………」

拜託，別再摸我脫臼的肩膀了，真的很痛——

為什麼，究竟為什麼，連這麼簡單的事情，妳都不曉得呢？

小姬死命地抱著我不放，我發現她制服的袖子有裂痕，是剛才被那四個人押走的時候弄破的嗎？想當然耳，哀川小姐已經早我一步將小姬救出，因此那四個名字古怪的傢伙應該都已經被擊退了，只不過——只不過小姬似乎並非毫髮無傷。

「……啊，這、這點小傷完全不要緊！」

她終於恢復冷靜，卻察覺到我的視線，連忙將破裂的袖子藏到身後。

「這只是一點小擦傷而已！」

「看起來明明很痛啊。」

小擦傷，說得很簡單。

「…………」

沒錯，她就是這樣。

開朗、活潑、單純。

天真浪漫、純真無瑕，但是——

但是，絕對不是神經大條。

重視別人勝過自己，把別人的痛苦當成自己的痛苦，即使明知道這樣一點意義也沒有。我受傷根本不干她的事，根本就是我自己造成的，然而她卻不肯承認這個事實。什麼都不拒絕、什麼都不計較、擁抱一切、包容一切——

——不，不對，慢著。

我想錯人了吧。
小姬不是她。
小姬和那丫頭，是兩個，不相同的人——
「嗚、嗚哇哇哇——」
情緒再度復活，小姬用力鑽進我的肩窩裡，埋頭哭泣。
「——就跟妳說會痛了啊。」
明明是兩個不同的人。
為什麼我還會——
產生這種動搖的情感，簡直是戲言。
「一姬，快放手，妳是想拆了小哥的肩膀嗎？」哀川小姐揪住小姬的水手服衣領，將她強行從我身上拉開，接著又用同樣的方式將我硬拉起來。「喂，努力歸努力，可不能太亂來啊。嚴重的話會變成慢性脫臼喔，你忍一忍，我幫你接回去吧。」
「…………」
忍一忍——用不著她說，我也不會有任何動作。正確地講，在看到哀川小姐的當下，我就彷彿遭到超能力者惡意的詛咒，全身都瞬間僵硬了。
咒語。
沒錯。
哀川潤的水手服造型，的確有著相當於咒語的效果。

第三幕——懸梁高校

0

藝術始於模仿，亦止於模仿。

1

若要說不自然——此時此地，什麼是最不自然的呢？是身為戲言玩家，卻反過來被戲弄的我嗎？還是不按牌理出牌，被稱為人類最強的承包人？亦或是企圖逃出詭異學園的小姫？還是前來追捕的子荻一夥人呢？然而在這個稱為校園的區域裡，在這「懸梁高校」的領域裡，很難說什麼才叫做絕對的異常，一切都變得不足為奇。

「——哈，小哥，你那是什麼反應啊？」

哀川小姐將制服的領巾解開來折成三角巾，一邊為我包紮右手，一邊不服氣地說。只不過她看起來既不懊惱也不擔心，反而很樂在其中的樣子。

打扮成高中生造型的哀川小姐，其實也挺不賴的嘛。原本以為她穿水手服絕對會很奇怪，結果事實證明，像哀川小姐這樣美型的人物，不管穿什麼都相當出色。該怎麼說呢？嗯，只能說這就是人生啊。

「剛才那位軍師小妹妹溜走了，這下子我的行蹤也會曝光吧。真糟糕，本來想說用小哥當誘餌，應該可以聲東擊西⋯⋯」

「啊⋯⋯真抱歉，都是被我搞砸的。」

我立刻道歉，不過這位大姊剛才，是不是說了什麼誘餌？

「傷腦筋耶——那現在要怎麼辦呢？」

小姬也跟著附和，卻同樣感覺不出任何緊張的情緒。這兩個人，似乎非常欠缺危機意識。哀川小姐也就算了，問題是小姬自己，幾分鐘前才被抓到過一次，而且她並沒有像子荻那種戰鬥能力，一副弱不禁風的樣子。

「小姬，妳該不會是深藏不露的高手吧？」

「才不是呢，小姬我根本不需要戰鬥力啊。」

「因為現在是所謂的知識時代嗎？」

「沒錯，古時候的偉人有說過——」

小姬又做出之前那個宛如指揮家的動作，手指俐落地一升一降，最後指尖朝我比過來。

「時間就是金錢！」

「⋯⋯⋯⋯」

她應該是要說「知識就是力量」吧？

實在不像是一個有知識的人的發言。

「嗯，總之，小姬因為跟不上進度，所以很不喜歡上課，想要直接退學，結果學校不肯答應。其實放我出去也沒什麼大不了的嘛，偏偏校方又說什麼要防止機密外洩，講了一堆理由就是不批准，所以我只好拜託潤小姐幫忙囉。」

「真會依賴別人。」

「啊——師父你也沒立場說我喔。」小姬輕輕搖晃食指，真是個手勢豐富的小女生。

「哦……」

「對了，剛才那位萩原子荻啊，是這間學校最優秀的『學生』，三年級的學姊呢。」

「所以囉，師父，只不過肩膀脫臼而已，沒什麼好沮喪的。雖然對手是個女孩子，但是畢竟能力不同嘛。唔，不對，應該說是等級不同。啊，不對不對，應該說是基因好壞不同吧……」

「…………」

我快要發火了，這個死丫頭。是因為哀川小姐的出現讓她本性漸露嗎？還是不小心脫掉羊皮露出馬腳？那剛才的眼淚又算什麼？

「唉——總而言之，還是放棄正面闖關吧。」哀川小姐無奈地撥著頭髮的層次。「萩原子荻——全校第一這種頭銜不足為懼，但那類型的傢伙相當難纏，最好盡量避免交手。」

「啊，所以剛剛才會讓她逃走是嗎？不過話說回來，潤小姐也會有覺得難纏不想交手的對象嗎？」

「……當然有啊，就是那種明明什麼都不會還自信滿滿地——明明是個沒內容的空殼還不可一世地——充滿了矛盾的傢伙，那種人真的很難纏，因為我實在搞不懂對方在想什麼。」然後哀川小姐瞇起一隻眼睛瞧著我。「小哥，你該不會也是其中之一吧？」

「咦……不，我跟子荻一點也不像同類型的人吧。」

其實我覺得子荻跟哀川小姐才是同屬性的。

「哎呀，那只不過是一種年幼無知的魯莽罷了，我的氣勢凌人和那傢伙的高傲自負，意義是截然不同的。就這點而言，你跟她算是同類吧，尤其是自作聰明愛玩手段的性格，簡直如出一轍。呵，還軍師咧——別笑死人了。好吧，本來想說由小哥將一姬帶出來就可以，事到如今……沒辦法，就逆向操作吧。」

「逆向操作？」重複這句話的是小姬。

「什麼意思？」而負責發問的人是我。

「其實應該說這才是正當的手段——由我們主動出擊，直接衝到辦公室去找『理事長』談判，要求一姬的退學權利。」

如何，很簡單吧？——哀川小姐勾起嘴角。

我連驚呼的聲音都發不出來，然後已經不知道是第幾次地，再度甘拜下風。如果說我的人生始終都在思考要如何玩弄手段如何逃避一切，那麼哀川小姐的人生便是完全相反完全背道而馳的吧。正面迎向對手，正面宣戰，抬頭挺胸充滿自信地出擊，就是她心中唯一的念頭。

「可是潤小姐——」

「沒關係啦，一姬，我從以前就不喜歡**那傢伙**了，就連妳應該也對那傢伙沒什麼好感吧？現在能夠有機會打倒那傢伙，可說是我們的幸運啊，既然決定好了——就出發吧。」

擅自提案，擅自做出決定，哀川小姐立刻邁步向前。我和小姬連忙跟上去，看來這場戲誰是主角誰是配角，早就已經默默決定好了。

姿態，思想，以及行動的方式。

強勢霸氣又堅定不移。

真實無偽的自信與驕傲。

在哀川潤身上，不會有矛盾。

2

接下來的過程，可以說是哀川潤的個人表演秀。

事實證明，即使在這間學校裡，也沒有任何存在阻擋得了哀川潤，根本不可能會有。管它有機物無機物，全都一舉消滅，沿途出現來意不善的學生，也都一個接一個地剷除、驅逐、玩弄、擊退。校舍裡布下的天羅地網，全部被夷為平地，絲毫不構成威脅，展現在眼前的純粹就只是，絕對的力量。過程有如暴風雨來襲——在颱風過境之後，我們走出校舍，接著穿越長廊，來到「辦公大樓」的後門。

根本無須描寫，筆墨也難以形容，哀川小姐是如此壓倒性的存在。在她現身以前，區區幾個學生就把我和小姬整得七葷八素，簡直像廢物一樣。

「什麼『簡直像』，師父，我們根本就是廢物嘛。從頭到尾，我們都沒有任何貢獻啊。」

「在旁白的時候應該客觀地發言，最好避免太過直接的表現手法，曖昧不明才是戲言的基本原則。」

「小姬不是那種拐彎抹角的怪人啊。」

居然說什麼怪人。

「不過潤小姐果然很了不起，又比上次見面的時候更厲害了耶。真是十全十美的無敵美少女。」

「應該是無敵的熟女吧。」

「啊，沒錯，無敵美少女應該是師父才對嘛。」

「……沒禮貌。」

「咦，師父否認自己是無敵的嗎？」

「唔……對於自己具不具有無敵的要素，我既不承認也不否認。」

「那到底是承認還是否認啊？」

「你們兩個吵死了。」哀川小姐站定在辦公大樓的入口前方，低聲提醒我們。「兩位感情好是沒關係啦……但你們都不覺得奇怪嗎？我從剛才就一直覺得不太對勁。」

「什麼事不對勁？」

「你們沒發現嗎？那些來攻擊我們的，全部都是學生。很奇怪吧？如果只有小哥跟一姬的話，或許派學生來已經綽綽有餘，又可以順便當做實戰訓練……但是現在還加上本小姐啊，竟然派學生來對付哀川潤？基於禮貌至少也該派『老師』或『警衛』出來才像話吧？」

真不知她是心思細密還是太有自信。不過哀川小姐說得也沒錯，一路上前來阻擋我們攻擊我們的，清一色都是年輕小女生，每個人都穿著同樣的黑色制服……跟小姬一樣，跟哀川小姐一樣，也跟我一樣。

……咦？

跟我一樣？

「等一下，哀川小姐，既然我們的入侵行動已經曝光了，那我也沒必要繼續穿著這套衣服了吧？」

「啊……你就繼續穿著嘛，有什麼關係，很可愛耶。」

「……這、可是我——」

「哎呀——小哥好萌喔！」

「…………」

被她這麼一講，我又很難堅持要脫下來，不，應該說根本就是被強迫不准脫下來。雖然覺得自己再度被玩弄了，但我還是先把注意力放回問題點上。

哀川小姐的戰術——放棄逃出校園，直闖內部核心——這招的好處就是出乎敵人的意料，簡單講就是發動突襲，攻其不備。因為對方一直在追蹤我們——將自己當成是狩獵者，壓根都沒想到自己會反過來被襲擊，想必此刻也以為我們正急於四處竄逃吧。換句話說，純粹只是敵人缺乏危機意識而已——以為就算對手是哀川潤，自己也不可能會反過來成為獵物。

「啊啊，真討厭——幹麼這麼麻煩啊。」

「怎麼會呢？——沒有強勁的對手出來找碴，不是很好嗎？」

「一姬，我說的麻煩是這個——」

哀川小姐突然單腳向後，接著對準門板狠狠一踢——鐵門就這樣直接被踹倒了。喀啷喀啷——發出金屬碰撞的聲音，整扇門當場毀壞……是本來就生鏽了吧，一定是的。

「要這樣破壞鐵門才能進去實在是很討厭啊，幹麼要像蟑螂一樣從後門偷偷摸摸地溜進去。」

「…………」

原來如此，哀川小姐本來是希望能從正門抬頭挺胸光明正大地走進去，可惜並沒有任何「教職員」出現，也沒辦法向任何人大聲宣告，只好在無人知情的狀況下從後門進入。看來這點令她感到相當懊惱，真是個愛出風頭的傢伙。

「理事長辦公室在最頂層——因為那傢伙特別喜歡高的地方——來，從這裡上去。」

不愧是哀川小姐，超強的記憶力完全不同於我，已經將整張平面圖烙印在腦海中了，立刻推開安全門爬上樓梯。「哇——人往高處好痛快ＹＯ！」——小姬說出謎一般的句子，快步跟上去。

「還要避開職員辦公室才行……啊啊真是麻煩死了。誰管他什麼戰術什麼陷阱的，有多少人都盡量放馬過來好了。」

「不行啦，那怎麼得了。」

雖然不清楚哀川小姐和小姬之間有著什麼樣的過去，但是看她們你一言我一句的模樣，似乎交情匪淺。照理說久別重逢應該會有點生疏，卻感覺不出一絲一毫的距離感，而且從剛才碰面到現在，彼此都沒有提過任何類似敘舊的臺詞。相反地，兩人之間的對話還表現出一股親密感，哀川小姐向來都是豪爽的大姊姊，而小姬正好是會刺激保護欲的類型，兩人可以說是最佳拍檔吧。

「………嗯？」

……不對，慢著。這麼一來，我不就成為多餘的角色了嗎？不行，都已經犧牲色相到這種地步，未免太悲慘了。為了證明自己存在的意義，我主動開口向哀川小姐發問。

「呃，潤小姐，剛才聽妳所說，好像原本就跟理事長認識了，他究竟是個什麼樣的人物呢？」

此刻在我的想像中，只浮現一個非常惡趣味的人物，聚集了一群未成年少女實施特殊教育。真是夠了，自以為皇室啊，還培訓後宮佳麗咧。

「理事長的名字叫檻神能亞，今年三十九歲，是個女的喔。」

「檻神這個姓氏，莫非……」

嗯，沒錯——哀川小姐沒有回頭，輕輕地頷首。

「赤神、謂神、氏神、繪鏡，以及檻神——所謂的四神一鏡——能亞正是排行最末那一族的血脈。其實她並非嫡系子孫，而是旁系的血親，所以和本家之間的連繫相當薄弱。因此這間學校本身與檻神家族並沒有多深的關係，反而跟神理樂比較有淵源。」

「神理樂……不就是日本的ＥＲ３嗎？」

兩者之前最大的差別，只在於ＥＲ３系統是一個研究組織，而神理樂是一個網路機構，實際上雙方所從事的工作大同小異。如此說來，**這所學校**就相當於ＥＲ計畫了……是嗎？

「答對了，這裡的畢業生據說有四成都會進入神理樂喔，其餘則是分散在各大機構……最優秀的學生應該就是去加入ＥＲ３吧，畢竟在社會上的知名度跟地位都比較高，像那個叫萩原的傢伙，大概也會成為其中之一吧。」

不愧是哀川小姐，對於這所學校的內幕，甚至包含「畢業生」的狀況，都了解得相當透徹，不像我一問三不知。嗯，按照一般世俗的說法，這裡算是「培育人才」的地方吧。就這點而言，它的確是一間訓練所，同時稱之為「教育機構」也並沒有錯。

然而，可是——不允許學生退學，有人想逃走就會被通緝，還有學生會自封為軍師，甚至用懸梁高校這種稱呼來自嘲——這樣的學校，還能算是一所教育機構嗎？

「其實一開始這間澄百合學園——也就是懸梁高校的前身，是由能亞的母親所創立的。當時還比較像一所正常的學校……至少跟現在比起來算是正常多了。結果就在一年半前，能亞的母親上吊身亡，學校由能亞繼承之後，就完全變調了。究竟哪裡有問題，也很難具體去說明——」

「是氣氛，氣氛變得很詭異啊。」

小姬的語氣難得如此正經。雖然從背後看不到她的表情——但想必又是帶著一片陰霾吧。小姬目前是二年級的學生，所以在她入學的時候，理事長應該已經換人了。

「其實『入學』以後沒多久，我就發現這裡不是普通的學校了，不過我還是繼續忍耐著。沒想到事情越來越誇張……一個會有朋友死掉的地方，我根本沒辦法稱之為學校。」

「……妳說得沒錯。」哀川小姐摸摸小姬的頭，接著說下去。「可是呢，當局者迷旁觀者清，什麼是正常什麼是不正常，必須要經由比較才區分得出來，而身在其中的人，當然會以為自己是正常的。更何況學校本來就是一種密室，從外界無法一窺究竟，於是瘋狂的人便越陷越深——終於一發不可收拾，演變成現在的狀態。」

「……除了小姬以外，難道沒有其他學生認為這樣是『不正常的』，沒有人發現這裡『很詭異』嗎？有沒有別的學生申請退學？」

「啊，有啊。很久以前。」

小姬簡單的一句話，已經足以令我沉默不語。

「剛才雖然講過不喜歡……其實我本身對檻神能亞並沒有討厭到那種地步，不過確實沒啥好感就是了。舉個例子來說吧，那傢伙只會把人當成數字來看，只會把人的死亡當成統計的數據來判斷。在她眼中，死一個人跟死兩個人沒什麼差別，只差在數字是一或是二而已。那傢伙認為數據就代表一切，但是……她也有她自己的理想，我並不是不了解。」

「妳們應該算……舊識吧？」

「嗯，算吧。雖然已經分別兩年了。」

所以是睽違兩年的重逢呢——哀川小姐玩笑似地說，卻有種故作輕鬆的感覺。論及騙人技巧，連我這個戲言玩家都望塵莫及的哀川小姐，為何要刻意流露出演戲的感覺呢？我無法理解。

「潤小姐，妳可不能感情用事，別太亂來喔。」

「死傢伙，你以為自己在跟誰說話啊，少一副訓誡的口氣。今天的談判目的是要校方接受紫木一姬的退學申請，至少這點我還沒忘記。」

「那就好。」

我覺得自己扮演的角色已經告一段落了，稍微舒展一下筋骨，然後對身旁很久沒出聲的小姬開口。

「如果能夠順利離開這裡，接下來妳有什麼打算？」

「……唔，這個嘛——」小姬回答：「我想做很多很多好玩的開心的事情。」

她的語氣彷彿是在說，自己這輩子從未有過真正「開心」的事情。

「而且要快快樂樂地過日子，就好像每天都是星期一那樣。」

「那不就是最糟的日子嗎？」

嘴裡雖然不客氣地吐槽，但我的思緒卻已經飄向遠方。在我心中，某個最脆弱的部分，受到了刺激——懷念的心情，正被深深地刺激著。其實……她們兩個人根本不是相像，小姬跟「那丫頭」，幾乎是一模一樣的。所以——所以我在想，這對我而言，不正是一個懺悔和贖罪的機會嗎？當然我並不認為，傷害了一個人，可以用拯救另一個人來互相抵銷——況且我也不懂得要如何去拯救別人，只是——

「不要想那些有的沒的啦，戲言小哥。」

哀川小姐瀟灑地對我說。

「看，我們已經到達最頂層囉——」

安全門被她絲毫不費吹灰之力就打開了。任何技術都能做到最完美的萬能承包人，哀川潤。無論讀心術或聲音模仿，甚至包括開鎖，都無人能出其右。

在走廊上前進沒多久，眼前立刻出現一扇非常厚重的鐵門。怎麼看也不像是一般學校裡會出現的東西，豈只防彈，就連發生核爆大概都不會被摧毀，一扇完全與外界隔絕的門扉。

哀川小姐收斂平時的作風，謹慎地敲了下門（難道哀川小姐最近特別熱愛敲門嗎），想當然耳，沒有任何回應。「那我就不客氣囉」——她打算直接進去，卻發現沒有門把。豈只門把，甚至連個門鎖都沒有，上面只設置了一臺指紋辨識器。

「哎呀，這下子連我也沒輒了。」

「真的嗎？」

「就算是我，也沒辦法改變自己的指紋啊。一姬，這個系統是怎麼設定的？」

「整棟辦公大樓的門，都是用同樣的系統。」小姬詳細地說明。「除了教職員本身以外，沒有任何人能夠開鎖或上鎖。只要把手掌按在辨識器上面，門就會自動鎖上，再按一次，鎖就會解開。」

「唉——也就是說絕對沒辦法複製鑰匙囉……早知道就帶玖渚丫頭一起來了。」

的確，這時候如果有玖渚在場的話，就可以破解電腦系統，輕輕鬆鬆地打開門鎖吧。

話說回來，玖渚知道這間學校的內幕嗎？當初那丫頭告訴我有關澄百合學園的事情時，並沒有提到任何相關內容，但是——但是那傢伙向來自閉，即使知情，也很有可能不向我透露。無論如何，既然學校背後有著這樣的內幕，也難怪制服會收集不到了。我終於明白玖渚之所以這麼快就放棄的原因。

咦？那哀川小姐又是怎麼把制服弄到手的呢（而且還是兩件）？

……難道自己做？

「這種門從裡面可以上鎖嗎？」

「我不太清楚耶，應該可以吧。」

「是嗎……那她到底在不在裡面呢……真會吊人胃口。」

這時候我才突然發現背後有監視器，急忙告訴哀川小姐，結果她若無其事地說「那些電路早就已經切斷了」，像在嫌我大驚小怪。仔細一看，監視器確實沒有在運作。

「要來救你們以前，這些瑣碎的工程都已經先做好了啦……連警報器也切斷了，用不著擔心。啊——可惡，那我們不就進不去了？」

「可是剛才敲門也沒人回應，理事長應該不在裡面吧？」

「不，能亞那傢伙和我一樣，是不會逃避事情的人。難道裡面設下了陷阱嗎？還是純粹無所畏懼……不管是哪一種，可以確定的是她在耍我們。」

「很好——我生氣了。」——哀川小姐下定決心，從衣服裡拿出一樣黑色的塊狀物。四方型的東西，放在手掌上大小剛好，正是俗稱電擊麻醉槍的物品，神祕的外觀足以令人產生本能上的恐懼。

「……潤小姐居然會攜帶武器，真是難得啊。」

「嗯，這次是例外，因為要讓某人昏迷以便……呃，這不重要，現在可以利用這個東西……」

哀川小姐將麻醉槍對準指紋辨識器頂住，按下電源開關。眼前瞬間爆出一片電光石火使人目眩，緊接著聽見「啪啪啪」的聲響，等視線恢復正常，辨識器已經徹底粉碎了，飄出一陣陣噁心的煙霧。
「好驚人的威力……」
「對啊，這是自己組裝的特製品，而且還沒有拿掉電壓限制器呢。如果用在人類身上，要消除兩、三天的記憶也不成問題，是相當具有破壞力的凶器喔。」
哀川小姐未免說得太誇張了吧，不可能有人會因為這點攻擊就喪失記憶的。
她瞇起眼睛，仔細觀察辨識器裡面的電線迴路。
「嗯，很好，該燒斷的都燒斷了，接下來就很簡單……最常見的線路構造，平凡無奇，好，等我一下——」
哀川小姐直接把手伸進辨識器，空手拉扯裡面的電線。看起來很危險，感覺隨時都會觸電的樣子，難道她的皮膚表面鍍了一層特殊絕緣體嗎？過沒多久，聽到一聲「好——開鎖完畢。」哀川小姐便伸手去推門。如此誇張的厚度，平常應該是一扇自動門吧，因為電路燒壞了才會失去作用。
「唔，還真是重啊……」
她用雙手使力將門朝橫向推動，發出「嘎吱嘎吱」地，不像開門的詭異摩擦聲，在走廊上回響著，然後門終於慢慢敞開了。
「…………」
實在是非常可怕的神力，至少不是一個前來談判的人應該要有的態度，根本是擺明了對房間的主人示威。哀川小姐是個激進的好戰份子，果然還是**無法避免那種結果**

吧，我內心開始焦慮。受不了，真想叫她多學學某位人間失格的傢伙，那小子實在很不賴。

「天啊——潤小姐一點都沒變，還是一樣衝動——」

就連崇拜哀川小姐的小姬，也對剛剛的行為傻眼，不過表情中又夾雜著心安，似乎是覺得「這樣才符合潤小姐的作風」。

門已經被推開一半，由哀川小姐帶頭，我跟小姬追隨在後，一行三人走入理事長辦公室——

然後，我們看到了，被肢解成十二個部分的，檻神能亞的屍體。

「…………」「…………」「…………」

胸部，腹部，腰部，左右手外加手掌，兩條腿，以及兩隻腳——這些原本屬於檻神能亞的身體，全部被分割開來，非常悽慘又無比殘酷地，散落在室內。血液的氣味、骨髓的氣味、肉塊的氣味，四處瀰漫。高級地毯和昂貴家具，幾乎都沾滿了血跡。這麼重的氣味居然沒有飄出去，實在令人感到不可思議。

而檻神能亞的頭部——正從天花板垂吊下來，懸在半空中，長長的黑髮纏繞在天花板的日光燈管上。

宛如變態殺人影片當中的場景。那張緊貼在頭顱上的臉孔，完全看不出已經有三十九歲的年紀，相當地年輕，但這都已經無關緊要了。

從天花板垂吊下來的頭顱，除了恐怖和驚悚以外，根本不會讓人產生其他的感想。

「……你們——」哀川小姐鎮靜地，用壓低的聲音說：「妳們剛才有看到任何人走出這間辦公室嗎？」

我沉默地搖頭，小姬也一樣。三個人都沒有互看彼此。面對眼前被肢解的屍體，我們彷彿都被釘子貫穿，動彈不得。

「——……哈，未免太有趣了吧。」

哀川小姐嘲諷地說著，開始在屋裡到處走動，鞋子被血跡跟肉塊弄髒了也不以為意。她逐一檢查桌子底下，還有沙發裡面……所有可供人躲藏的地方全都沒放過。

然後她又從我身旁經過，朝門口走去。我的視線跟著移動，看到她正在檢查門鎖，剛才被破壞的是外面的辨識器，內側的辨識系統似乎完好無缺。

「哼哼……原來如此，真是無言以對啊。」

正當哀川小姐喃喃自語的時候，我終於想起一個事實——在小姬面前，在這樣天真單純的少女面前，居然出現了如此悽慘的屍體。這實在是，真的，非常地殘酷——然而，小姬望著那顆懸吊的人頭，眼神卻是十分地空洞冷淡。

「啊……」

她發出低微的聲音，彷彿下一秒就要說出「什麼嘛，搞半天人已經死了」之類的話來。這種反應，就像是聽到某個聞名已久的大人物其實早就不存在了一樣。

「……糟糕，**事情大條了**耶。」

「小姬……」

「別擔心啦，師父。」她看著我微笑，帶著一絲陰鬱的，有點憂傷的笑臉。「雖然出乎意料，但小姬我畢竟是**這裡**的學生，不會被這點事情給嚇倒的。」

「……是嗎？那就好。」

並不好，根本一點也不好。只是我不能再追問，不能繼續追問，沒辦法再繼續追問下去——追問小姬的心情。明明只要一句「妳在想什麼？」就能夠打破所有的疑惑，我卻辦不到，怎麼也說不出口。

因為除去偽裝和戲言，用真實的面貌與人接觸，就等於是互相傷害。我不希望用差勁的方式去追問，不想傷害到小姬——更重要的是，不想讓我自己受到傷害。

尤其在這種情況下。

「喀——」背後傳來一道聲音。

是哀川小姐將門關上的聲音。

「這下子事情變得很棘手囉——對不對？」

「啊，沒錯……」我回應她的話，藉此逃避心情。「理事長……竟然被殺死了。如此一來，我們冒險闖入這裡不就失去意義……」

「沒這回事喔，兩者之間並沒有影響，只要選擇別的方式就可以了吧。反正為達目的不擇手段，可以選擇的方法有無限多種。真是的——連這間辦公室都遭殃了，看來這也是**某個單位**發出的指令吧。」

「……什麼意思？」

「小哥，我現在最在意的問題就是啊——這是一起密室殺人事件喔。」

「——啊？」

我不由得發出錯愕的聲音。

什麼跟什麼。的確，門鎖是以指紋控管的，而且剛才處於上鎖的狀態，等我們破壞辨識器進來一看，就看到肢解的屍體跟懸吊的頭顱——嗯，再加上門並非自動鎖住的，必須承認這是一起密室殺人事件沒錯。但這根本無關緊要吧，重點是理事長檻神能亞被殺死，造成我們沒辦法談判，甚至連敵對都辦不到——

「這時候沒空討論什麼密室不密室的吧？因為看到認識的人被殺死太過衝擊了嗎？拜託振作點，哀川小姐，這樣一點都不像妳——」

「不准用姓氏稱呼我，會叫我哀川的只有『敵人』。」哀川小姐眼神犀利地瞪著我。「本小姐冷靜得很。聽好了，小哥，我平常之所以說密室問題不重要，那並非偏見，純粹是一種嘲笑而已，因為那些密室問題根本毫無意義可言。就拿四月發生的鴉濡羽島事件來講吧，當時的密室問題究竟有什麼意義啊？那只不過是『為密室而密室』而已，不是嗎？我所重視的，並非密室存在的合理性，而是密室存在的意義。利用密室殺人的矛盾點，來排除自己的嫌疑，這確實構成一種動機，但無論做什麼，無論怎麼做，『不存在的證據』也沒辦法變成『不在場的證明』。這種小把戲，實在毫無意義可言。所謂聰明反被聰明誤——就是這種人的下場。」

她說得一點也沒錯，但是——

「但是眼前這個密室事件可就具有非常重大的意義囉，而且意義非凡。喂，小哥，你說說看，剛才我們是怎麼進到這間屋子裡的？」

「是由潤小姐破壞門鎖——」

「嗯，沒錯，很明顯就是『非法入侵』的行徑嘛……一群企圖逃出學校的『可疑入侵者』會有的行徑。結果屋子裡出現了屍體，在這種情況下，誰最有嫌疑，不就一清二楚了嗎？」

「……啊——」

……原來如此，這就是密室的意義嗎？

也就是說，製造出這個狀況的**某人**——已經利用密室的詭計，成功地**將罪行嫁禍到我們身上**了。啊，的確，在這種情況下，除了我們還有誰值得懷疑？

「潤小姐，所以說……」

「所以說，**我們被設計了**。」

然而哀川小姐似乎並不覺得受到屈辱。相反地，還對那位主謀者表達稱讚之意。

「真是太有趣了。」——她嘲諷地冷笑著。

不對啊……等等，這下子，不就如她所說地，不，是比她所說的更糟糕了吧？我在錯愕之後，終於開始產生了危機意識。先前已經遭到子荻那些學生的追擊，現在還要被當成殺害理事長的嫌疑犯——

哀川小姐低聲說了句：「哎呀，真傷腦筋。」便開始動手撿拾散落各處的理事長的屍塊。

「……切口相當粗糙，是刀子嗎……應該是鋸子吧？嗯，沒錯，要將一個人完全解體，還是用鋸子比較省事。」

「肉片也四處飛濺，看樣子真的是用鋸子呢。」小姬點點頭。「好像是把人吊在天花板上，再用鋸子一塊一塊切割的吧？」

兩人輕鬆地談論著——這不是一個很驚悚的話題嗎？什麼用鋸子把人的身體給切開——

「這種日光燈管能夠支撐人體的重量嗎？」

「把重力分散的話……應該沒問題吧。」

「……真是的，這下可傷腦筋啦，能亞。」

哀川小姐不是對著我也不是對著小姬，而是對著懸在空中的檻神能亞人頭說話。想當然耳，人頭並沒有回答，但她不以為意，繼續自顧自地說下去。從這個角度看過去，她臉上帶著淡淡的笑容——有些傷感的笑容。

「妳的『理想』還差一點點就可以實現了……沒想到功虧一簣啊。如果我說這就是人生有趣的地方，妳大概也無法理解吧……其實有句話我一直很想對妳講……不過算了，就讓一切隨風而逝，全都一筆勾銷了。」

說完她往下一蹲，然後縱身跳躍，將纏繞在燈管上的頭髮給鬆開來。「叩」地一聲，頭顱滾落到地板上，哀川小姐立刻接住捧起，和其他部位的肉塊集中整理好。

「嗯，現在還缺少的是……啊，少了幾個關節的部分，不過沒關係，好，這下子——」

此刻哀川小姐——哀川潤的臉上，浮現出我畢生僅見，最邪惡最凶惡最險惡的，一抹微笑。

「事情越來越有趣了。」

第四幕——黑暗突襲

0 詳細情形請問神明。

1

三個小時後——周圍已經一片陰暗，而我與紫木一姬以及哀川潤，都還待在理事長辦公室裡。對血的氣味和肉的氣味已逐漸麻痺，對眼前異常的景象也慢慢能夠習慣了，雖然我並不想要培養這種習慣。

不知道小姬對眼前的情況有什麼想法？她依然不停地玩自己的手指，表面上看起來只是純粹打發時間而已，但或許是正在思考也不一定。

而哀川小姐不愧是哀川小姐，正在吃櫃子裡搜括出來的食物。現在她吃的是高級餅乾，在這種場合，這種情況下，居然還能夠若無其事地吃點心，簡直匪夷所思。究竟是神經太大條，還是根本沒有神經？

「——潤小姐，妳打算在這裡待到什麼時候？」

「啥？你到底要問幾次啊。」

她嘴裡銜著餅乾，四肢著地朝我逼近。

「幹麼？你肚子餓了是嗎？好啦好啦，我知道肚子餓會讓人脾氣變暴躁啦。」

「我不是肚子餓——」

「來，嘴張開，啊——」

哀川小姐把吃了一口的餅乾，放進我嘴裡。

真好吃。

「——我不是要吃餅乾啦。子荻那一夥人也不知道什麼時候會出現，如果一直待在這裡——留在案發現場，不是更惹人懷疑嗎？」

「你真會煞風景耶，幹麼一直嘮叨個不停，這也不行那也不行什麼都不行，充滿負面思考，討厭的悲觀主義者，自以為是憂鬱王子。一姬，妳來說說他。」

「師父——不是不報，時候未到喔——」

「我聽不懂妳在講什麼啦。」

這個死丫頭，是故意的嗎？

「聽好了，小哥，這種情況下最忌諱的就是輕舉妄動。剛才我們可以說是被將了一軍吧，但棋局尚未結束，現在反而是致勝的關鍵點喔，此時此刻唯有深謀遠慮方為上策。」

「所以不是坐以待斃囉？」

「對，是以靜制動。放輕鬆點，不必慌張。」

哀川小姐說著便躺到地板上，雖然地毯已經乾了，上面依然布滿血跡，這實在不像正常人會有的行為。

「我在想要不要直接報警……」

「這種故事警察根本就不應該出現吧。每一個登場人物都不是普通人，這樣才叫做校園推理嘛。可憐的沙咲，這回沒有她的戲份囉。」

「呃，別把我算在內，我只是一介普通人。關於這次的事件，我完完全全是個局外人沒錯吧？警察的存在不就是為了保護普通老百姓嗎？否則我幹麼要繳稅？」

「哦，你還未成年就已經在繳稅了嗎？那可真是辛苦你了。不過呢，小哥，千萬別忘記，所謂的警察基本上是營利事業喔，只會保護稅金付比較多的國民喔。」

唔，因為這間學校背後有檻神跟神理樂兩大招牌當靠山是嗎，原來如此……的確，相較之下，我所繳付的稅金簡直有如滄海一粟，難怪沙咲小姐和她的搭檔不會有出場的機會了。也好，那兩人的性格實在不適合出現在這種事件裡。

「妳說的我都可以理解，即便如此……我們也不能一直待著不走啊。」

「放心吧，我已經把門關好假裝上鎖了，現在沒有比這間屋子更安全的地方啦。再怎麼說這裡也是懸梁高校理事長大人的辦公室嘛，隔音良好，防菌又防彈，還有什麼地方會比這裡更安全的？」

「可是理事長就在這個最安全的地方被殺死了啊……」

哀川小姐所謂的「安全」，不光是指物理上的，同時也包含了心理上的定義吧。確實如此，逃亡者紫木一姬等一行人，居然會潛入學校的中樞，躲在最高層的理事長辦公室裡，連神明也想不到。就這點而言，待在此處伺機而動，也可以稱之為一種「心理戰術」吧。

然而要我來說的話——所謂的心理戰術，並非這麼一回事。出乎對手意料的奇招，並不能算是心理戰術，純粹只是抓住對手的盲點而已，況且貿然闖進這個「盲點之所在」，反而會讓自己動彈不得，受到侷限，一不小心就作繭自縛。我有過相同的經驗，因此相當了解，只不過這個道理哀川小姐也明白，輪不到我來賣弄。

除此之外，還有一件事情——和檻神能亞的密室分屍案同樣引起我的注意。

「總算在『病蜘蛛』出動以前就把事情給解決——真是不幸中之大幸啊。」

當時子荻口中所說的話——或許因為放心而鬆懈，一時忘了我的存在，才不經意脫口而出的這句話。

「病蜘蛛」——難不成是什麼新開發的生化異形？連軍師子荻都希望能徹底封印的**東西**，照她所說，似乎還存在於這個校園裡。

「你這傢伙啊……說起話來喜歡曖昧不明語帶保留的，偏偏又很在意結果。」

哀川小姐的語氣有點不高興。

「……什麼意思？既然是潤小姐所說的話，在下願聞其詳。」

「你曾經說過『我已經習慣等待』之類的話吧。嗯，你確實是個很有耐力的人沒錯，所謂有志者事竟成，總會有等到的一天。但那是在已經知道結果的情況下喔，一旦前途未卜，你就會開始不安。雖然擅長等待，卻害怕等待不清不楚的東西。」

「說得煞有其事呢。」

「因為確有其事啊。你的基本元素就是『放棄』跟『妥協』，所以遇到像眼前這種情況，不曉得該放棄些什麼，不曉得該妥協哪一邊，想必令你坐立難安吧。不過呢，總而言之——嗯，非撐下去不可，所以加油囉——」

原本一副不高興的樣子，說到一半又自己調適過來。她叫我要加油，但我也不知道究竟要在什麼事情上面加油。

「師父、潤小姐，你們不可以吵架喔——」小姬插進來當和事老。「要好好相處喔，這時候我們三個人一定要團結，絕對不可以起內鬨喔——」

「妳說得對，情義無價啊。算了，小哥，你如果想出去就出去吧，我並不想限制誰的行動，要走要留隨你高興。不過話先說清楚，既然是自己決定要出去的，一旦離開這裡，就別期望得到我的庇護。」

「……………」

「還有啊，小哥，先給你一個忠告。這間學校裡所有的人，都是捨棄和平安詳的社會，懷著各自的目的與信念踏上危險的道路，已經回不了頭了，不能將這些傢伙當正常人看待喔。」

「不能當正常人看待，是嗎？」

「小哥大概以為這裡是研習所或訓練所吧，實際上也算啦，不過還有另一個功能，而且是更重要的功能，就是當作障眼法——意思就是說，這裡的學生表面上是學生，其實當中最頂尖的幾個，已經達到實戰部隊的等級了。」

這麼說來……豈只不是學校，根本就是規模龐大的私人軍團嘛，一個由未成年少女組成的實戰部隊。我不會說這都什麼時代了，反正已經是發生在眼前的現實，只不過，再怎麼說——

「如果因為那些女孩子年紀比自己小就不放在眼裡，肯定會吃不完兜著走。只要待在這間屋子裡，至少本小姐哀川潤會保障你跟一姬的安全，所以還是乖乖留在這裡吧，別再讓我看笑話了。」

「……小姬妳呢？」我轉而問小姬。「妳有什麼意見……或者，有什麼提議嗎？既然在這裡當了一年的學生，也勉強算是地頭蛇了吧？」

「唔——小姬覺得交給潤小姐就沒問題囉。畢竟我是程度落後的半吊子學生，師父又是個局外人，所以還是聽從專業的意見比較好吧。」

非常正確的觀念，正確過頭到令人噁心的地步。話說回來，我這輩子也還沒聽過什麼正確觀念是令人心情爽快的。

「而且潤小姐說這裡是最安全的地方，我也同意喔，因為這裡在懸梁高校裡面等於是一個祕密墓地啊。」

「是祕密基地啦。」雖然漢字還挺像的。「半吊子嗎……如果能夠做出冷靜的判斷，半吊子又何妨，沒什麼好自卑的。」

「我沒有自卑啦。如果擁有太強的『力量』，動不動就暴走會很糟糕喔，像小姬這樣子是不多不少剛剛好。」

暴走——是嗎？

暴走就是在情緒暴發之下訴諸於暴力。

沒錯……多餘的過剩的「力量」——擁有強大的能力，卻控制不住自己——這樣的人我認識太多了，不勝枚舉。好比說那座島上的天才們，又好比說人間失格。而擁有足以和世界匹敵的力量，卻能夠取得平衡，絲毫不受影響的人物——唯有哀川小姐。

「力氣小這件事，對小姬我而言，是一種自爆喔。」

「我還加入恐怖份子咧。」

從字面上推測，正確解答應該是自豪吧。

「不多不少剛剛好，是嗎——」

——那我呢？我又算哪一種人呢？如哀川小姐所說的「明明什麼都不會還自信滿滿地——明明是個沒內容的空殼還不可一世地——充滿了矛盾的傢伙」這樣的存在嗎？那只能說是最糟糕的一種了。但我並沒有失控暴走，沒有陷入瘋狂，我並沒有。至少自認為沒有。應該沒有才對。

「沒有就好。」

我喃喃自語著，最後一如往常地，以一句「純屬戲言」，結束所有的思考。

2

假設有一個主張殺人是錯誤行為的戲言玩家存在於世界上好了，那麼對於以下的問題，他會如何回答呢？

「在戰場上殺人，有什麼不對？」

「殺人魔去殺人，有什麼不對？」

可想而之他大概會這樣回答吧——戰場或殺人魔的存在，本身就是一種錯誤。那麼，對於以下的問題，他又將如何回答呢？

「一隻狗咬死人，是不對的嗎？」

「地震造成死亡，是不對的嗎？」

這種時候他會回答說，狗的存在跟地震的存在，本身就是一種錯誤嗎？當然不會，否則就變成狗屁不通本末倒置的歪理了。從信念衍生出來的理由，跟從理由衍生出來的信念，完全是兩碼子事。

非殺人不可的情況，以及必須被殺死的情形，都確確實實存在著，不容否認。沒錯。動手殺人的理由，無論何時何地都確切地存在著，就算找不到不能殺人的理由，也絕對找得到殺人的理由。所以活著最重要的事情，就是永遠別讓自己找到殺人或被殺的理由，平平安安地苟且偷生吧——思緒運轉到這裡，我緩緩睜開眼睛。

時間又過了一個小時——小姬依然在玩手指（有那麼好玩嗎？），哀川小姐直接躺在地板上睡著了——於是我站起身來。

「咦？師父，你要去哪裡？」

「……上廁所。」

「好，那我跟你一起去。」

開什麼玩笑啊，別鬧了。

小姬正要站起來，我立刻制止她，然後老實說出「我要跟妳們分道揚鑣，各自行動」。

「各自行動……真的嗎？」

「嗯，沒錯。很抱歉，我已經厭倦玩偵探遊戲了。」

我輕輕聳肩，接著將哀川小姐替我包紮的三角巾拆開來，讓脫臼的肩膀重獲自由。

「哀川小姐說得沒錯，我的確對這種『結果未知的狀態』感到坐立難安，這可是新發現呢。子荻似乎說過『不確定會令人產生不安』之類的話……兩者大概差不多意思吧。我喜歡語帶保留的曖昧，卻討厭不確定的未知……真是個小心眼的人啊。總之我沒辦法再待在這裡繼續等下去，已經到達極限了。」

「怎麼這樣……」小姬嘟著嘴，無辜地望著我。「再、再忍者一下嘛，師父。」

忍者？切腹嗎？

她的意思應該是……「再忍耐一下」吧。

「這樣太奇怪了啦，你明明知道待在潤小姐身邊最安全的不是嗎？逃出學校的事情，交給潤小姐就ＯＫ了啊，在這種膠著的狀態下，何必貿然行動嘛。」

「我不想討論這些。」

「不行，我一定要跟你講清楚，如果現在讓師父擅自行動，連小姬跟潤小姐都會有危險啊。既然我們是團體，師父的一舉一動一草一木，都左右著我們的未來啊。」

看在場面嚴肅的份上，這次就不挑她語病了。

「**這個道理**我懂。小姬，正因為情況如此，少了我不是更好嗎？就像妳之前所說的，妳是個半吊子——而我是個連半吊子都算不上的局外人，既然是累贅，不如割捨掉還比較好。」

「那種想法根本——」

「根本就是正確的。」我硬是從中打斷，不讓她反駁。「也許對哀川小姐而言並沒有什麼差別，像我這種小累贅，對她根本不構成影響。但是——剛才我想通了，不，是我想到了——不，不對，應該說我領悟到了。待在哀川小姐身邊雖然很安全，甚至可以提升自己的信心——然而這樣是不行的，**基於這個理由**，我才不想逃避戰場。」

染血的房間，分散的肉片，拼湊的肢體，檻神能亞的屍塊。躺在地板上，沉靜入睡的人類最強。在這樣的環境包圍下，十九歲的傷兵跟十七歲的逃兵，爭論著不成熟的想法。真是莫名其妙，還有什麼比這更滑稽，還有什麼比這更可笑的嗎？

「那樣一來——我就變成一個只會巧取豪奪的小偷，只會苟且偷生的爛人。以為有哀川小姐這個強大的靠山，自己就可以狐假虎威——成為一個渺小骯髒，沒有廉恥心也沒有是非觀念的寄生蟲。因為最近發生很多事情，所以我幾乎都忘了，忘了自己曾經是個什麼樣的人，忘了曾經選擇過什麼樣的人生。」

我不會對任何人付出。

所以什麼也不會接受。

拒絕一切的人事物一切的存在。這才應該是……我僅存的最後的矜持。

「哀川小姐這回的工作任務是將妳救出去……與我無關。完完全全不干我的事，我的存在反而是一種累贅。這樣非常不好，因為我……並不想恩將仇報。」

在我心中，沒有任何意志。

但至少，還有自己的思想。

「可是師父——」

「別再用那種方式稱呼我了，我沒資格成為哀川小姐的朋友啊，也沒資格被妳稱為師父。」

小姬臉上瞬間浮現受傷的表情。我輕輕推開她，朝門口走去。自動門的電路系統已經燒壞了，現在只能使用蠻力推開。

受到哀川小姐的保護，但是不成為哀川小姐的負擔，保護小姬。在這樣的感覺中得到自我滿足，三個人攜手合作，相處融洽並一起努力。

簡直是，夢幻般的人際關係。

所以這只是，一個夢而已。
反正，夢終究還是夢。
「可、可是……師父——」
「夠了，就跟妳說別再這樣叫我……真是死皮賴臉的小鬼。」我回過身去，將手按在小姬的肩上，微微施力——表示拒絕。「別以為我會對妳好，別以為我會跟妳作朋友，我最討厭這種事情——噁心到了極點。」
「——啊……」
聽完我說的話，小姬不由得卻步。
看吧，多簡單。
人與人之間的信賴，如此輕易就摧毀。
所謂的好感，脆弱得不堪一擊。
於是我，又恢復一個人。
「這個好朋友遊戲，我也已經厭倦了。小姬，我跟妳一樣，都是逃亡者。或許可以藉此擾亂對手——至於要怎麼利用這個機會，就隨妳們高興了。」
「為什麼……為什麼你要說得這麼絕，一副事不關己的樣子？」
「因為本來就不關我的事。」
「可是，潤小姐她——」
「我不想成為哀川潤的絆腳石，就算自己根本連當絆腳石的份量也沒有。」

其實我並非那樣嚴以律己的人，但這就是我此刻的思想，是放棄和妥協互相牽制的結果。

不懂我在講什麼嗎？

不懂我的心情嗎？

不懂我嗎？

小姬——

那是一件非常美好的事情喔，真的。

當然，在剛才的爭執中，小姬才是對的，而我是錯的，錯得相當離譜。但是——我已經到達極限了，身為一個錯誤的存在，已經無法再繼續追隨正確的做法。對於自己踰越界線的錯誤，我無話可說，也不打算辯解。

嗯，說到底就是這麼一回事。

即使對象是哀川潤，戲言玩家也拒於千里之外。拒絕付出也拒絕接受，拒絕一切情感的交流。

「可是、可是——」

「告辭了，掰掰。」

我沒有聽小姬把話說完，直接就把門關上。嗯，哀川小姐是特例，憑小姬那麼纖細的雙手跟瘦弱的體格，絕對沒辦法將這扇門推開的吧。就算待會哀川小姐醒來了，應該也會說到做到，不來救我這個擅自行動的人。不，也許她剛才根本就沒有在睡也不一定，反正裝睡對她而言，只不過是雕蟲小技，騙人是她的拿手絕活。

就像把我帶到這裡來，也用了相同的把戲。

「——即使如此，我依然沒辦法討厭她，實在很了不起啊……」

我想，在心底深處，自己大概是喜歡哀川小姐的吧。雖然這只是一種感覺，離真正的情感還有相當的差距。

「…………」

即使如此，我也沒辦法在已經察覺被欺騙的情況下，還繼續心平氣和地留在此處，我還沒善良到那種地步。

更何況，還有小姬，紫木一姬。

那個女孩也捲入複雜的關係中——才剛認識不過幾小時而已，居然就對那女孩投入相當的情感，我覺得自己實在荒謬得可笑。我不希望自己只是純粹把小姬當作「那丫頭」的替身而已，無論如何，這個自我陶醉的懺悔遊戲，不應該再把無辜的女孩給牽扯進來。

「……好，就這樣，戲言結束。」

如果沒記錯，樓下應該就是教職員辦公室，我盡量避免發出任何聲音，小心翼翼地朝樓梯間前進。幸好周圍都沒有人，很快就順利走出辦公大樓了。那麼，現在位置是哪裡呢——剛才是跟著哀川小姐走過來的，完全不清楚目前所在地是何處，也不知道往哪個方向走會出現什麼東西，更不記得自己沿途究竟經過哪些路線。

「……算了，無所謂。」

就隨便亂逛，臨機應變吧……運氣好的話，說不定可以遇到萩原子荻。反正據哀川小姐所說，子荻「跟我很像」──而我並不討厭見到跟自己同類型的人，雖然自己也搞不懂為什麼。是認為跟同類可能比較處得來嗎？還是認為對方可能會了解自己？

視線模糊，能見度很低，這附近似乎並沒有照明設備──當然了，學校基本上是不會在夜間活動的。看來澄百合學園──不，不對，現在已經沒必要用這麼高雅的名字稱呼它──看來懸梁高校是沒有夜間部的。又或許只是，沒有區分白天跟夜晚的必要。

「……不過，還真的是一個人也沒有啊……」

那些傢伙就算被哀川小姐擊退了，應該也不會就此罷手才對。難道學校還有所謂的門禁嗎……不可能吧，況且「教師們」應該也不會完全袖手旁觀。

除此之外──我想到另一件事情。

殺害理事長檻神能亞的犯人──姑且不論如此凶殘的行徑還能不能稱之為人──犯人究竟是何時動手的呢？根據哀川小姐和小姬所說，事態發展至此，似乎都是出於理事長下達的命令。這麼說來，理事長至少是在下完命令之後才被殺死的。而且從現場血液的氣味跟肉片的狀態來判斷，屍體並沒有放置很久，至少還沒超過一天的時間。

再說到動機──其實「多不勝數」。比方說「檻神能亞的惡趣味引人憎厭，遭人忌恨，受人詛咒」等等諸如此類……真是個不得了的人物啊。

「所以要往──權力鬥爭的方向推測嗎？」

另外，把罪行嫁禍到逃亡者跟外來者的身上，實在是高明的計謀，還可以用緝凶的名義激發學生們的鬥志。目前對我們唯一有利的條件，就是理事長遇害的事實，應該尚未曝光吧。

啊，所以哀川小姐才會堅持留在辦公室裡是嗎？就在我終於領悟到這一點的時候，眼前出現了似曾相識的校舍——沒錯，就是一開始跟小姬會合的地點「二年A班」所在的校舍。現在居然有種恍如隔世的久遠感。

「啊，對了，那張照片……」

事到如今平面圖已經不重要了，但是小姬的照片也在逃跑的過程中被我弄丟，就去把它找回來吧。或許照片同樣不是什麼重要的東西，不過——反正我也沒有其他重要的事情好做的。雖然從這裡繼續往下走，可能會回想起通往大門的路線，但我並不是一個樂天派的人，不會天真到以為校門口什麼埋伏也沒有。況且我並不打算離開這間學校，只是純粹想離開那個空間而已，離開那個令人窒息的空間。

剛才對小姬說了許多重話，其實……我真正的想法，大概只是覺得待在哀川小姐身邊壓力很大吧。說穿了，只是無聊的自尊心作祟而已。反正所謂的自尊心，本來就是一種無聊的東西。

「嗯……真難得啊……我居然會對別人的存在如此耿耿於懷。」

是哀川小姐太特別嗎？不，我不這麼認為，對我而言，特別的只有一個人——那個人並不在這裡。這裡有的，充其量只是相似的影子。

進入校舍，尋找樓梯，往上走。沒有開燈，一片昏暗，不過感覺視線比戶外清楚，應該是集中度的關係。那麼，「二年A班」在哪裡呢……以那間教室為起點，應該就可以找到照片吧。啊，話說回來，搞不好已經物歸原主，被照片的所有人回收了？

我一邊尋找照片，思緒又回到理事長辦公室的密室之謎。那個房間除了自動門以外，還有兩扇窗戶。不過想當然耳，同樣也都上了鎖，而且是二段式的鎖，從外面無法操作。至於室內，所有可以躲人的地方，哀川小姐一進門就全部檢查過了……嗯。

如此說來，有幾個匪夷所思的關鍵點——所謂的謎團。關於密室之謎，就像哀川小姐所說的，有其特殊用意，也就是把殺人罪行嫁禍到我們身上。至於另一個……「肢解屍體」之謎，又要如何解釋呢？把人頭懸吊在天花板上，這個詭異的做法，究竟有何意義？

用鋸子肢解人體……雖然作業本身並不需要花費太多時間，但也想不通有何理由非這麼做不可。是出於恨意所以分屍嗎？還是有什麼必要性呢……難道只因為這裡叫做懸梁高校，所以就把頭吊起來？理由不可能這麼簡單吧。

「『肢解』是嗎……」肢解，解剖，生物學，生態學。「……會讓人想起以前的老師呢。」

儘管我一點也不願想起。

腦中卻浮現參與ER計畫的留學生時代。

正當我沉溺在黑暗的回憶裡——

一道人影，「飄」到我面前。

用「飄」的。

不，不對，這樣講很奇怪。既然**她**已經站在我面前了，就不能用「人影」來表現，應該直接叫做「人物」。話雖如此——她的身形在陰暗中飄忽不定，非常詭異又非常虛幻地，令人難以捉摸——以我的視力，並沒有辦法看清楚。

彷彿存在於另一個次元，又彷彿四周包圍著一層薄膜，她的輪廓相當模糊。

突然——

她靜止不動了。

俐落的短髮搭配黑色水手服，上衣跟裙子都割得破破爛爛地，宛如剛剛遭到歹徒襲擊，又似乎是她獨具風格的造型。而袖子底下的雙手——

「——啊，先做個自我介紹吧，在下是——西条玉藻，一年級學生。」

右手拿著兩刃刀。

左手拿著野戰刀。

對女孩子而言太過粗重也太過凶狠的刀子，被她——西条玉藻握在手中。兩把刀都是用反握的方式，刀尖朝下。她站在原地，直直盯著我，動也不動地。彷彿雲霧般虛幻的存在，虛幻的眼神。

動作真快啊，我直覺地想。

連格鬥用的大刀都出現了，這次的事件非要奇特到**這種地步**嗎……相較之下，天才聚集的小島跟京都攔路殺人鬼，還算是正常的了。究竟是誰說劇情可以這樣安排的？

而且眼前這位少女，不管是服裝也好武器也好，實在太多可以讓人吐槽的地方了，應該先從哪裡開始吐槽起呢？

「這位同學，已經超過放學時間很久了，請勿在校園裡逗留喔。」

「輪不到你來囉唆。」

馬上被反駁了。

玉藻瞇起眼睛笑著，看來應該是可以正常溝通的人。她嘴裡喃喃地說：「放輕鬆……放輕鬆……」輕輕地搖頭晃腦，是偏頭痛嗎？表情有點痛苦，好像在忍耐什麼，也許只是單純的低血壓而已，因為她一臉想睡的樣子。玉藻似乎察覺到我的視線，「啊」了一聲，重新調整好姿勢。

「嗯？啊，這兩把刀只是個人收藏而已……不用太在意。」

「喔，這樣啊……」

小女生年紀輕輕就這麼會撒謊。

「那個……對了，我正在找你們……沒錯。咦？不是有三個人嗎……應該是三個吧？難道是我自己看不見？奇怪耶……該配眼鏡了……」

「…………」

她沒問題吧？此時此地，這名少女是否正常，直接關係到我的生死，所以我是真的在擔心。不知該說她很有個性還是很頹廢風，總覺得眼前的少女好像背上隨時會長出翅膀的樣子。

「啊——那個……」她又搖搖頭。「算了，別管那麼多，反正先殺他個兩、三刀再來想吧。」

「這位同學，妳這樣是不對的喔。」

可惜玉藻並沒有理會年長者的親切忠告，立刻將兩把刀交叉在平坦的胸前，做出備戰姿勢。

「看刀——嘿嘿——」

她露出淺淺的微笑，雙頰泛紅，帶著一股羞澀。然而在刀刃的反光下，那抹笑容只會讓人感到恐怖。

雙手持刀——這種裝備本身並不具威脅性，因為手腕的動作跟攻擊的模式都會相當受限，同時也會對防禦造成阻礙。就像學習劍道的時候，除非是高手，否則不要去碰二刀流。但反過來講，若是高手——就可以將雙刀運用自如。

也就是說，只有兩種可能——不是外行人就是狠角色——而這所懸梁高校的學生當中，並沒有所謂的外行人。

「慢著，玉藻，等一下——」

「求饒也沒用——嗯，因為太麻煩了。」她腳步輕盈，緩緩逼近。「還有，第一次見面請不要直呼我的名字……否則我會把你大卸八塊喔。」

大卸——八塊。

就跟，理事長一樣嗎？

跟理事長一樣——大卸八塊？

「等一下——我有疑問。這是子荻的策略，是她下的指令嗎？」

「才不是……子荻學姊另有計謀……我最怕動腦筋，所以就自己私下跑來了。」

玉藻「嘿」地一聲，笑出酒窩來。女孩子有可愛的笑容是很好，不過請盡量配合團體行動。這間學校是沒有教學生要合群嗎？玉藻小妹妹，多學學怎麼過團體生活吧，學校本來就是讓人學習合群的場所不是嗎？

「好，玉藻要出手囉——！」

原先緩慢的移動一瞬間轉變速度，朝我衝過來。左右兩把刀子交叉著，對準我的頸部。

不妙，這個小女生，是認真的來真的玩真的。

我當然不是她的對手，所以立刻轉身，沒命地逃跑。

「啊——不可以逃走！」

她將刀子反轉握住，從後面追上來。我以為對方身材嬌小，應該可以輕易地甩開——事實證明這個想法太天真了。我的速度並不慢，但是她的腳程快得離譜，簡直跟女鬼沒兩樣。可惡，難道之前抱著小姬跑還能甩掉那兩個女學生，純粹是因為對手太弱的關係嗎？所以意思就是說，現在戰鬥等級又提升囉？雙方的距離越來越拉近，沒想到這時候，玉藻竟然把左手的刀子對準我頭部射過來。

「唔——哇！」

千鈞一髮之際，我幾乎是用滾的，驚險躲過那把飛刀。開什麼玩笑啊，那種刀子怎麼看也不是用來射飛鏢的吧，居然像忍者丟暗器一樣直接射過來。這個女孩子究竟哪來這麼大的力道。

話說回來，那麼纖細的手腕使用那麼粗重的刀子，本來就異於常人。這間學校裡，沒有所謂的常理存在嗎？

我整個人趴在走廊上，對地板投懷送抱，然後玉藻一屁股坐在我背上，用剩下的那把刀抵著我的喉嚨。只要她輕輕一劃，頸動脈就會開花了吧。

「……這種時候，該怎麼說呢……『將軍』嗎？唔，不對，你不是『王』嘛，所以應該叫做……桂馬急進自尋死路？」

原來我是「桂馬」嗎？

果然又是不上不下的角色。

「接下來我要開始問你話了……最好老實回答，越誠實就可以越延長你的壽命，如果你不想活我也無所謂。」

她說話的語調非常遲緩。與其說開口講話很累人，更像是活著本身就很累人，一副懶洋洋的態度。

「放—輕—鬆……那個……紅色征裁跟紫木學姊啊……她們人在哪裡？事實上，現在大家都在找她們呢。」

「……妳先回答我一個問題。」

「咦——?不行唷,現在是我在發問耶。」玉藻鼓起臉頰。「啊——不過算了,這回破例准許,省得囉唆。」

看來這位玉藻小妹妹很不擅長與人交談,一旦快要發生爭執,她馬上就讓步,不想自找麻煩。雖然對一個年輕女孩子而言,沒有原則是不太好的現象,不過在這種時候卻正好對我有利。

「……『病蜘蛛』指的是妳嗎?」

「咦?什麼跟什麼啊,才不是咧。」

出乎我意料地,玉藻搖頭回應。

不是她嗎……可是,如果不是她的話——

「你該不會還在狀況外吧?對這間學校的一切都還不知情,就被紅色征裁給扯進來了嗎?居然連『病蜘蛛』都不知道……沒有,事先——」

她話講到一半突然停住,似乎是累了,接著又喃喃地說:「放輕鬆。」然後再補完,「沒有事先打聽一下嗎?」這句臺詞。

「很抱歉,我對有危險的事情向來不願意深入追究。」

「喔。那該我發問了……你的目的,是什麼?」

我以為她會重問我一次小姬跟哀川小姐的下落,沒想到居然換了一個問題。

「我的目的……就是——」

「應該不是為了救出紫木學姊吧，也不是為了協助紅色征裁吧……你聽好囉，我呢，還有剛才提到的萩原學姊呢，大家的行動都是有理由的喔。」

「…………」

「可是你呢，你有足夠匹敵的理由嗎？對於我們在這個校園裡的行為，你有什麼干涉的理由嗎？有的話請你告訴我。」

「……玉藻——」

「只是單純為否定而否定，用什麼脫離常軌或脫離現實當作藉口，實在太卑鄙了，不要那麼輕易就否定別人啊。」她的語調不帶任何情感。「難道，你們對自己既有的價值觀，執著到那種地步嗎？」

對我而言——

這所學校確實很怪異，但是——我有任何反駁的理由嗎？有任何否定的理由嗎？

「唉呀，算了不管了，真麻煩。」

玉藻將刀鋒翻轉向上，重新握好。

「反正你就去死吧。」

刀刃摩擦皮膚——

「——————！」

死亡。

情緒異常冷靜。在異常冷靜的情緒中，我感到一陣失落，感到失望。沒想到居然死得這麼簡單，死在這種情況下……還以為自己會死得更轟轟烈烈，在一場驚天動地的大悲劇裡被殺死，結果卻只是像個無關緊要的小配角，像在地震中被大樓壓扁的路人甲，死得如此草率——

不，也許正好相反。像我這種渺小如蟲蟻的存在，說不定這才是最適合的死法。我想在最後一瞬間回顧自己無聊的人生，卻發現一切都煙消雲散，沒留下任何值得回顧的記憶——

玖渚友。唯獨玖渚友殘留在記憶裡。

啊啊，我好想，去見小友……

想要向她，說聲對不起。

「——」

就在此時，走廊上響起腳步聲。

由遠而近的，小跑步的聲音。

「——師父——……師父——！」

伴隨著高分貝的呼喚。

玉藻似乎吃了一驚，迅速看往聲音傳來的方向。

「紫木、學姊——」

她手一鬆——刀子掉落。

我連看都沒有去看小姬在哪裡，立刻用腰力跟臂力將玉藻頂開，接著又用手肘使勁朝她肚子一捶，管它什麼女孩子什麼年紀比我小，這時候可沒空顧慮那麼多。

玉藻直接撞上走廊的牆壁——當場失去意識。不，這樣講也不太對，這個女孩子本來就一副意識不清楚的模樣，現在只能說她是陷入昏迷，靜止不動。

我摸摸脖子——已經流血了。

真正是，千鈞一髮。

「師父——！」背後傳來這句臺詞。「終於追上你了——」

「……小姬——」我轉過身去，這才看清楚她的身影。「妳怎麼會在這裡？」

「啊，對不起。」小姬上氣不接下氣地，邊喘邊回答：「因為我實在打不開那扇門，所以才這麼慢，我是從通風口爬出來的。就是天花板上那個抽風機的地方，可以從內側拔起來唷。呵呵呵，換成師父大概就沒辦法吧，小姬個子特別小，所以能從那裡爬出來唷。」

又沒有人問她的奮鬥歷程。而且天花板有抽風機嗎？是因為那顆懸吊的頭顱畫面太過衝擊，所以才沒注意到嗎？真令人傻眼。

「……哀川小姐呢？沒有跟妳一起嗎？」

「唔——」小姬發出動物般的聲音。「你離開以後，我馬上把潤小姐叫醒，可是她說『喜歡擅自行動的傢伙就隨他去啦』。然後都不肯動，也不幫我開門，我只好自己一個人來了啊。」

「竟然自己一個人來……小姬妳啊——」
「師父你錯了。」
她斬釘截鐵地說。
說完直直盯著我。
「剛才我說不過你，可是，你說的那些話，都大錯特錯了。什麼不想成為累贅所以不能一起行動，那只不過是懦弱的表現而已。」
「好嚴厲啊。不過我並不否認，膽小懦弱本來就是應該的。與其要面對未知的結果，還不如膽小一點懦弱一點，至少安全得多了。之前已經說過好幾次，我的人生就是永遠都在思考如何逃避，無論是逃避敵人，還是逃避同伴，對我而言都一樣啊。」
說來諷刺，當時在島上和那名惡劣的占卜師針鋒相對，結果其實我才是最渴望能掌握明確未來的人。
「還能夠思考『未來』的事情，就證明你遊刃有餘啊！」不知為何，小姬突然發起火來，大聲吼我。「如果正在拚命求生的話，根本沒空想那些事情！師父，恕我直言，你只是單純的怠惰而已對不對？」
「…………講得還真直接啊，小姬。」
我知道自己的語氣已經開始惱羞成怒。
「妳——對我的了解有多少？對於一個不得不怠惰的人，妳又了解多少？」
「至少我知道你是一個只會找藉口的戲言玩家。既然是師父，我就直說了，你只不過是害怕待在潤小姐身旁而已。」小姬的口氣更加挑釁，帶著一點惡意的揶揄。「因為和潤小姐那樣『巨大』的存在站在一起，會讓你覺得自己很渺小，所以你心裡不舒服，只不過是這樣子而已。」

「喂——等一下，幹麼講得那麼難聽，妳什麼意思啊——」

完全被說中了，一針見血。我差點失控地一把揪住她，卻在最後關頭硬是忍下來，真的是硬忍下來。若不是小姬跟「那丫頭」如此相像，恐怕已經沒有任何東西可以阻止我了吧。

想到永不改變永不結束永不毀滅的藍色天才。想到最接近世界解答的七愚人。想到對世俗充滿輕蔑的畫家。想到能夠看見未來的超能力者。

以及——人類最強的承包人。

「——我這樣有什麼不對？」

遲早會發現自己一無是處。

遲早會暴露自己的渺小。

害怕被捨棄，有什麼不對？

害怕被背叛，有什麼不對？

「信賴是很可悲的事情啊，非常非常可悲。人本來就是獨自活在世界上，越是相信別人，遭到背叛的衝擊就越強烈，一旦受傷一旦崩潰，就再也回復不了。」

「即使如此，一個人實在太寂寞了。」

「即使如此，也要一個人活下去。如果沒辦法獨自一人活下去，還不如死了算了。如果因為寂寞而去接觸人群，互相信賴的對象越多，不就表示自己越害怕寂寞嗎？獨自生存的人，很可憐很悲慘很辛苦很不堪很醜陋很孤單——同時卻也無比尊貴。」

就像被絞首的那個她一樣。

「拿寂寞這種字眼來模糊焦點，是一種褻瀆喔。」

「難道師父你不寂寞嗎？」

小姬問我。

「因為你不會寂寞，所以才一個人獨來獨往的嗎？」

「…………」

「小姬我，一直都覺得很寂寞耶。」

啊啊——拜託——

別再用那種眼神，看著我。

純真。純粹。純然的。好意。善意。真心。真意的。

事到如今——我這個人，像我這樣的一個人——

根本就不可能贖得了罪吧？

我想逃，我想逃，我想逃。

逃走，逃亡，逃避，逃跑。

沒錯，就像那時候一樣——

「——相同的事情，究竟要重演幾次啊。」

對於這句太過戲言的戲言——我幾乎要啞然失笑。儘管我並不知道什麼是笑。

啊……原來如此。

小姬並不是像那丫頭。

小姬是像，從前的她。

所以我，才會受到如此強烈的撼動。

所以這才是我，想要離開理事長辦公室的理由嗎？

「真是……戲言。」

然而，能夠不再重蹈覆轍，至少證明我還是個人吧。

「呃……——師父？」

「……沒事。我只是說我認輸了。對，小姬妳說的沒錯，眼前的情況不應該任意妄為。抱歉抱歉，這次是我錯了……哀川小姐還在辦公室裡嗎？」

「啊，是、是的！」

看到我主動低頭，小姬的表情像是「啪」地一亮，閃閃發光。臉上充滿真心喜悅的笑容，讓人忍不住疑惑的，完全無防備的笑容。真是——罪惡感這東西，明明應該早就被我捨棄了才對啊。

為什麼，還會如此地——

為什麼還會如此地動搖，如此缺乏抵抗力？如果真的已經拒絕了一切，根本就不會有幸福的感覺才對啊。

如果可以的話，我應該巴不得能自殺才對啊。

「啊，不過潤小姐搞不好一生氣就自己先回去了……」

「啊……有可能喔。」

「問題是，還有這個女生耶。」

小姬小心翼翼地，朝昏迷不醒的玉藻走近。

「啊，那個女孩子實在很恐怖。對了，我還沒向妳道謝呢，多虧妳追上來，我才能趁機反擊她。」

「不客氣唷。」小姬邊說邊在玉藻的制服上摸來摸去。她在做什麼？不會是有特殊的癖好吧。「……啊，果然有無線對講機。」

外殼跟手機類似……但操作按鍵很少，應該是小團體使用的簡易型無線電對講機。差不多手掌的大小，看起來很方便……但是有那東西又怎麼了？

「所以囉，西条學妹在昏迷以前，可能已經通知別人……通知萩原學姊她們了吧。」

「那就麻煩大了……」

意思就是，這裡也不安全囉？話說回來，現在下樓也很危險，可能會自投羅網。糟糕，這下子反而被逼到牆角……雖然還不至於死路一條，但至少也算進退維谷了吧。

小姬「嗯──」地陷入沉思，過一會兒說「傷腦筋，只好使出殺手鐗囉」，然後就打開肩膀上的小背包。

「那個背包裡面，到底放了些什麼？」

「放很多很多東西，是我的懸梁高校七大道具喔。雖然並沒有七樣啦。」

接著她「噹啷——」一聲，拿出幾個像線軸的東西。比縫紉機用的稍微大一點，但絕對不是釣魚線用的，上面纏著滿滿的線。咦，不對……那好像不是普通的線……？

「那是什麼……？」

「就是線啊。唔，就像是蠶絲跟金屬線還有琴弦之類的。」她從背包裡一個接一個拿出來。「金屬線有銀製跟鈦製兩種，都已經做過強化處理了。另外還有各種纖維，像Kevlar纖維啦、彈性纖維啦、碳纖維等等，各式各樣的喔。」

Kevlar纖維我曾經聽過，印象中是用來製作防彈衣的材料。雖說同樣都是線，Kevlar經過特殊加工的強韌度，卻非其他纖維能比。

「除了防彈衣以外，在太空事業跟軍事產業等各方面也被廣泛使用喔。」

小姬邊說邊打開走廊的窗戶，然後又到對面打開教室的窗戶，接著便開始將那些線分別纏繞在各個角落。原本捲在線軸上紋路清晰可見的，等到一根一根分開來，才發現其實很細，以目前四周昏暗的程度，如果不瞇起眼睛仔細瞧，根本就看不到，彷彿一碰就斷的蜘蛛絲。我伸出手想摸摸看，立刻被小姬阻止。

「不行啦，一不小心手指頭就會切斷耶。」

是摸的人手指會被切斷嗎？

「唔……啊，這是鋼琴線吧，雖然同樣叫做線，卻分成好幾種……對了，小姬，妳這樣是要做什麼？」

「我在編繩索喔。光靠窗戶的外框應該沒辦法支撐兩個人的重量，所以我正在仔細計算，看要如何把體重分散到各點。」

「……慢著，妳的意思是……」我暫停一下。「妳的意思是，我們要從這裡吊鋼絲空降到一樓？」

「沒錯沒錯唷。」

「……開什麼玩笑。」

「沒問題——的唷！」小姬拉長三個音節，拍著胸脯保證。「師父，你就當作被我騙一次，請放心覺悟吧！」

「現在已經是被騙了啊……」

我脫口而出。

「現在就已經是被騙了啊！」

而且還說了兩次。

早知道剛才應該先逃走的。

這是腦中直覺浮現的感想。

第五幕——背叛重演

能不能信任不是重點。
重點是，會不會背叛。

0 1

結論就是我抱著小姬吊鋼絲成功。其實過去參與ER計畫的時代，就曾經有過這樣的經驗（當時身上還背著五十公斤的登山包），而且剛才臨時用各種線編出來的應急繩索，比我想像的還要堅固強韌。雖然為了保護脫臼的肩膀而花費不少時間，但能夠平安無事地降落，並且途中沒有遭到任何襲擊，就已經是一大成功了吧。雙腳著地以後，小姬想要將用過的線給捲回來卻失敗了，據說是因為纏得太緊太牢靠結果拉不動。

「這些線真的很方便喔，可以像剛才那樣充當纜繩使用，還可以編出網子之類的東西。」

「哦……編網子嗎？」

經她一提我才想到，以前也有聽說過魔術師常會利用這些細線來設計表演。不管是琴弦也好，防彈纖維也好，即使不是「必殺仕事人」，也可以拿來當作武器使用吧。（註4）戲裡演的好像是三味線？我也不太清楚。

「細線──原來如此，鋼琴線是嗎……小姬──」

「有，什麼事？」

「只要善用這些線，是不是就可以讓理事長辦公室成為密室了？」

小姬「嗯？」了一聲，偏著頭看我。

「師父是說針線做出來的密室嗎？」

「類似的方法吧。雖然稱之為密室，在物理上也不可能存在精確的密室啊，一定會有縫隙跟破綻的。如果要在房門上鎖的狀態下，不必進到室內就可以動手殺人，只有用細線操作才辦得到。譬如從妳剛才爬過的通風口，將細線設法捲到理事長身上，然後用力一拉，新鮮的理事長火腿片立刻上桌……如何？」

「不可能啦，太誇張了。」

「不不不，沒試過怎麼會知道。」

「用想的就知道啦。師父，事情沒有那麼簡單吧。」她放棄回收那些線，走到我身旁。「首先啊，凶手要怎麼把理事長的頭吊到天花板上？這個步驟不進到房間裡就辦不到吧？」

4　朝日電視臺製作的超長壽時代劇《必殺系列》之一，背景設定以江戶幕末為主，敘述一群身懷絕技的職業殺手行俠仗義的故事。

「啊，是嗎……」

「而且要把線捲到理事長身上，也非進辦公室不可，否則根本沒辦法做到吧？」

「說得也對……咦，不對，等一下，既然有通風口，那根本就不叫做密室了啊。只要從那裡進出不就得了……」

「進不去啦。剛才我不是有說過嗎？抽風機是用螺絲栓在天花板上的，從外側沒辦法打開，而且從裡面出去的時候，也沒辦法恢復原狀喔。就算凶手進去的時候是由理事長主動開門好了，問題是離開的時候，不管從窗戶或通風口或從自動門走出去，都沒辦法上鎖啊。這些地方，潤小姐都已經仔細確認過了，你沒發現嗎？」

「唔……」

的確沒發現。

總而言之，通風口這個方法是行不通的囉？入口處的指紋辨識系統無疑是一道銅牆鐵壁（即使連哀川小姐都要使用暴力才打得開）。如此一來，只剩下窗戶跟通風口可以入侵了……

「而且啊，雖然善用這些線的確可以做到把人四分五裂，不過那樣子切口應該要更平整更漂亮才對喔，不應該會出現那種粗糙的切口。」

啊，沒錯。既然哀川小姐已經判斷出凶器是鋸子了，那大概就是正確答案吧。最強的承包人——哀川潤。迄今為止所見過的屍體，肯定比我多出上百倍。

「鋸子是嗎……嗯。咦，等一下，小姬——剛才我只是隨口說說而已……真的可以做到嗎？用那些線，真的可以把人四分五裂……切成好幾塊？」
「可以啊，就跟線鋸同樣的原理。剛才我不是說過一不小心就會把手指頭切斷嗎？基本上就是這個道理。所謂的切割力，就是如何在最小的面積用最快的速度最短的時間去施力。正因為是非常細的線，才具有瞬間將人體切割分解的爆發力喔。」
「啊……就跟紙張會割破手指是相同的原理吧？」
「學校有教過我們，鋼絲跟一些金屬線都可以當作武器使用，也就是所謂的暗器喔。即使外行人來操作，只要方法正確，至少也可以切斷手指頭。如果是高手的話，甚至可以用透明膠帶把人四分五裂呢。」
「聽起來真像哀川小姐喜歡的漫畫類型。話說回來，與其用那麼複雜的方法，為何不直接拿刀子殺，不是更快更省事嗎？雖然並非每個人都跟玉藻一樣。」
「也對啦。不過使用細線還有一些跟刀子不一樣的優點喔。比如說可以運用滑輪原理做多角度的攻擊，真的很像蜘蛛網呢。那是從以前就存在的本格派戰鬥技巧，使用的線是琴弦，而擁有這種技術的人就被稱為琴弦師。」
琴弦師嗎……嗯，非常普通的稱謂。
「會冠上本格派這種頭銜的，都不是什麼正常人吧。莫名其妙……真搞不懂以前的人都在想什麼。」
也許在那個時代，人們互相殘殺是不得已的事情，大家都習以為常，但也用不著連一根線都拿來當作兇器吧。

「對啊，像那種魔術般的技巧，在現代已經沒幾個人會了。那不是一朝一夕可以學成的，只是一種傳說而已。就像師父說的，拿刀去刺還比較快嘛。」

所以通常都是像剛才那種安全的用途唷——小姬這麼說，然後又做出她的招牌動作，手指俐落地一升一降，在空中畫出弧形。

「所謂的沒幾個人會——意思就是還有少數人會囉？」

「對啊，這間學校裡面也有喔。大家稱她為『病蜘蛛』——『ZigZag』。」

「『病蜘蛛』是嗎……」

「嗯，她是三年級的學姊，名字叫市井遊馬，不過現在已經沒人叫她的本名了。她跟萩原學姊並列為本校最頂尖的學生。當然，『病蜘蛛』使用的線跟我不一樣，是真的真的非常本格派的琴弦喔。」

「琴弦啊……怎麼故事內容越來越跳脫現實了，角色設定這樣玩不要緊嗎？」

「我覺得比什麼名偵探或密室之謎要來得真實多了，至少是歷史上確實存在的東西嘛。」

「好犀利的發言啊……」

「是會有危險的意思嗎？」

小姬說完便將線軸收回背包裡，然後嚷著：「哎呀——都打結了啦。」又開始手忙腳亂起來。而我並沒有理會她，心中油然而生一抹不安的感覺。

倘若那個「病蜘蛛」市井遊馬——連萩原子荻和西条玉藻都不敢忽視的存在，以敵人的姿態現身的話，我有能力守護身旁這個少根筋的天真少女嗎？並非我杞人憂天，既然小姬打算逃出學校，那麼「病蜘蛛」想必也會成為我們無法逃避的關卡之一吧。

究竟該如何是好？當機立斷，眼前最重要的就是先回到哀川小姐身邊——有人類最強在場，區區的「病蜘蛛」也算不了什麼——不過我們也不知道哀川小姐是否還待在那間辦公室裡。萬一她已經走人了，難道我跟小姬要自己想辦法離開嗎？要想辦法躲過「軍師」萩原子荻的耳目？

「真是一大難題啊……」

事後回想起來，這個難題根本不足以稱為難題，只不過小事一樁。

然而當下的我卻顧著為小事操心——以致於忽視了小姬提到**市井遊馬**這個名字時，臉上出現的表情。

彷彿是在談論自己引以為榮的「恩師」，卻又夾雜著某種無奈，混合了矛盾與衝突的表情。如果當時我有注意到的話，也許就能約略猜想到市井遊馬和小姬之間的關係，說不定能改變些什麼。

這是事後再也無法挽回的——一大失策。

「『病蜘蛛』……總之又是個難纏的角色。」

「沒錯唷。老實說，沒有潤小姐在場，我們只能逃命要緊吧。『病蜘蛛』的雙手一直都戴著手套，所以很容易辨認出來。身為琴弦師，如果不戴著手套，自己的手指也會有危險呢。」

「原來如此，也就是說有註冊商標囉。」

手套。只要留意這個特徵就行了吧。

「啊，說到頂尖的學生，剛才那個學妹——西条玉藻，也是懸梁高校一年級當中數一數二的武鬥派高手，被稱為『黑暗突襲』，是人人畏懼的激進派份子呢。」

「真是人不可貌相……」

「不能以貌取人啦，西条學妹跟我不一樣，是學校寄予重望的明日之星呢。剛才會那樣，只是師父運氣特別好而已。」

「運氣好而已……唔。」

的確是千鈞一髮。如果小姬沒有及時出現，而且，如果之後的反擊沒有成功的話——

但是相對地，我說不定因此得罪了玉藻，讓她懷恨在心，這種事情光用想像的就背脊發冷。老實說，那種完全不知道在想什麼的女生，比軍師還要更令我退避三舍。

「像這種程度的任務，平常根本不需要由玉藻來執行。沒想到她居然會親自出馬，我想應該是因為潤小姐的關係……大概是萩原學姊的計策吧。」

戰鬥等級提升。

「即使『病蜘蛛』沒有參與計畫，光憑我跟師父兩個人，也不可能對抗得了她們嘛。只要潤小姐還沒離開這間學校，我們就應該抱著視死烏龜的決心好好合作。」

視死烏龜？動物集體自殺嗎？

「那句成語叫做視死如歸。不過這時候兵分二路也許是一個不錯的方法——既然敵人都認為妳會跟在我身邊，我們就逆向操作。」

「可是這樣太危險太危險了啦。」

「嗯，說的也對，眼前的情況一動不如一靜。我們還是去投靠專業吧……」

走到跟校舍有段距離的地方，周圍空曠許多，敵人可以埋伏的藏身處變少了，我稍微鬆口氣，然後終於想到一個問題。剛才小姬說得很理所當然——而我也覺得很理所當然——目前負責對付哀川小姐的人是子荻，那麼她已經知道理事長遇害的事情了嗎？子荻是軍師，是參謀，充其量只能算幕僚，而非領導者，所以她應該要定期向理事長報告才對。即使沒有直接聯繫，也會透過「教職員辦公室」轉達——那麼她們學生群就不可能還沒發現這個事實。

倘若真的還沒發現的話——就表示有某個人隱藏在中間搞鬼，而且這個人肯定就是「凶手」。某個設計好圈套的人物——正混在這個校園裡。如果動機出自於權力鬥爭，則凶手可能是「教職員」的其中一人……又或者是——

又或者是，學生之一。果真如此的話——

誰才是，最符合條件的人？

「……小姬，我問妳，子荻是個什麼樣的女孩子？」

「啊？幹麼突然問這個？」

「……沒什麼，只是有點好奇而已。孟子也說過嘛，知己知彼百戰百勝，不是嗎？」

「那是孫子說的啦。」

居然被小姬糾正了。

「沒想到師父這麼沒學問耶——」

而且還得理不饒人。

「太沒禮貌了，妳應該聽過費馬大定理吧？老實告訴妳，那條公式是我解出來的。」

「咦——真、真的嗎？我真是有眼不識泰山！失敬失敬！哈哈哈——」

「…………」

她居然相信了。

「……總而言之，我想了解子荻的詳細資料，能不能把妳所知道的都告訴我？」

「唔，我想想看——嗯……她是一個很嚴格的人，可以說是嚴厲了吧。或許正因為嚴厲才當得了軍師，不過總覺得太過頭了，已經超出正常範圍。這一點倒是跟理事長的作風滿像的呢。」

「是說她為達目的不擇手段的意思嗎？」

「不，萩原學姊甚至不能有自己的目的，只是為了達成上面交代的任務，所以選擇最有效率的手段而已。她是沒有什麼個人意志可言的喔。」

「……原來如此，軍師不能有自己私人的目的是吧。就像棋盤上的『棋子』，如果擁有自己的意志，就會變得很難行棋。」

「就這點而言，與其說萩原學姊適合當軍師。不如說她除了軍師以外沒有適合的職位吧。」

唔……果然如哀川小姐所說的，跟我很像——尤其是沒有自己的意志這點，我跟萩原子荻幾乎是一模一樣的。只不過她所能選擇的道路，似乎比我還要更受到侷限，但那並非她本身的問題，而是因為被困在這樣一所封閉的學校裡。

服從組織的人，跟無法歸屬任何組織的人，兩者之間的差異——突然令我產生了興趣——再加上殺害理事長的嫌疑。

「啊，不過既然她是軍師，我們就不能掉以輕心。其實不只萩原學姊，這間學校裡的學生，每個都會基本的防身術。」

「喔，我已經親身領教過了。」

「而且萩原學姊特別擅長的是劍道喔，她有劍道二段的資格耶。」

「二段？在這所學校裡算是普通的吧。」

「不不不，以劍道而言，二段已經是非常了不起的了。古人不是都說『百聞不如一劍』嗎？」

根本沒有這說法！。

萩原子荻——西条玉藻——再加上市井遊馬是嗎，還真是文武兼備的一時之選啊。

——看來前途多災多難，唯一可以慶幸的是，「黑暗突襲」跟「病蜘蛛」都屬於直接攻擊型。這種人通常有勇無謀，應該比較容易對付吧。

「話說回來，不管子荻也好或玉藻也好——若非在這種奇怪的學校裡相遇，其實她們都是很有趣的小女生呢。」
尤其是子荻，特別令我有好感。
「師父對敵人真是沒有戒心啊。俗話說，給敵人飯吃，就是對自己挨餓耶。」
「妳有完沒完啊。」我搖搖頭。「不過，無論是子荻或玉藻或遊馬，說到底大家同樣都是人嘛。」
「可是人各有命啊。」
小姬難得說出這樣消極悲觀的臺詞。想當然耳，她臉上又浮現那種陰鬱的表情。
我重新打量小姬。所有事情的起源，就是從她想申請退學，想逃離這間學校才開始的——然而有必要為了「保護機密」這種理由，就千方百計地阻止她離開嗎？
小姬說她自己是跟不上進度的學生，我相信她的說法，而哀川小姐也沒有否定——但是仔細一想，身為人類最強的朋友，紫木一姬有可能是個「什麼都學不好的笨蛋」嗎？
雖然這只是我個人的推測。不過校方之所以強烈堅持要阻止她離開，或許還有其他更重大的理由。比如說，小姬擁有某種特殊技能，或是奇特的能力……因此，理事長才會不想放人，等等之類的……
也許是像西条玉藻被稱為「黑暗突襲」，或者是像市井遊馬被稱為「病蜘蛛」那樣。不過以目前為止的戰鬥經歷來看，小姬應該沒有什麼直接攻擊型的戰鬥技能——

否則就不會輕易被「軍師」給制服，受困於「子荻鐵柵」了。然而她又沒有像萩原子荻那種優秀的參謀能力，說穿了，剛才她的行動完全就是有勇無謀。

總覺得不太對勁，好像魔術方塊出現了七種顏色的怪異感，拼圖塊數過多，反而拼不出正確的圖案來。過多的證據，只會讓人勞心費力，眼花撩亂。

如果對這間超脫現實的學校而言，小姬具有某種特殊意義的話——那或許不是技術上也不是知識上的才能，而是精神心靈方面的潛能。唯有如此，才足以和「軍師」或「黑暗突襲」以及「病蜘蛛」互相匹敵吧。

「……呵。」

要是接下來沒辦法跟哀川小姐會合，並且遭到萩原子荻或市井遊馬或西条玉藻等人的阻撓而陷入危機。在生死關頭，劇情安排讓紫木一姬發揮她隱藏的神祕力量化解災難，最後結局來個大團圓，怎麼樣？

「其實小姬我，是一個超能力者唷！」

「什、什麼？太驚人了！真是天助我也！」

「可是這個能力我還沒辦法完全控制耶……啊啊，師父！」

「怎麼回事——我的右手居然發出綠色的光芒！」

…………

看來我沒有成為小說家的天份。

連想像力都如此貧乏，但至少還有生存的意義吧。

閒話休提。總而言之，哀川小姐很可能有什麼事情隱瞞著我，小姬也一樣。這其實無可厚非，反正我自己也隱瞞著很多事，活得並不坦白。無論面對任何人，大概都沒有機會說出口吧。祕密就是要封印起來，才叫做祕密。但願祕密永遠都是祕密，謊言永遠都是謊言——可以嗎？

可以的話，我希望自始至終都當個局外人，唯有這個心願，我不想放棄。

正要穿越中庭的時候，腳下突然踢到東西。想起剛才小姬說的蜘蛛網攻擊，我渾身一僵，結果什麼也沒發生。看來只是不小心踢到一顆掉在半路上的球而已，大概有學生忘了拿回去吧。

「真是的——」

當我彎下腰正準備把球撿起來的時候，大腦的思考終於追上動作。澄百合學園——懸梁高校——在這個非比尋常的校園裡，像這種「忘了把球收回去」的平凡現象，真的存在嗎——

視線落到那顆球上。是西条玉藻的首級。

2

天色灰暗。薄暮中，是一顆被斬下的短髮人頭。

此刻就算我是什麼精神異常的變態，也絕不可能還有辦法保持冷靜。原本已經抓住**那顆頭**的手立刻反射性地甩開，僵在原地無法思考，大腦完全陷入混亂，完完全全的錯愕。對於眼前的事態，眼前的情況，完全無法理解。不明白怎麼回事，一定是我看錯了。眼前**這東西**，讓我不由自主地想起，理事長辦公室裡那顆懸吊在天花板上的，檻神能亞的首級。彷彿熟睡般，完全面無表情，然而頸部以下卻空無一物——

「危險！」

出聲叫我的是小姬，她飛撲過來，毫不猶豫地一把抱住我的腰。雖然體型嬌小，照理講應該沒什麼影響，但此時的我正處於靈魂出竅的狀態，彷彿幾個小時前的畫面又再度重現，我整個人被撲倒在地。

然後就在下一瞬間，十字弓的箭破空而來，「咻」地一聲射中剛才我所站的位置。體溫降到冰點以下，突然醒悟怎麼回事，我抱著腰間的小姬，直接翻身往旁邊打滾。背後連續傳來「咻、咻、咻、咻」的聲音，一排箭插入地面。這樣一直滾下去也不是辦法，很容易被掌握移動方向——必須做出反擊。

剛才第一支箭——好像是從那邊飛過來的？依照目前為止箭的方向來推斷，大致可以捕捉到敵人的位置，即使對方邊移動邊發射，我也能預測動線。身體邊翻滾，邊順手撿起拳頭大小的石塊，然後轉換方向。等到箭一落在稍遠的地面上，我立刻爬起來，朝預測的發射地點扔石頭，就在同一時間，十字弓的攻擊停止了。

過沒多久——黑暗中逐漸浮現出一名少女的身影。令人出神的美麗黑髮，纖細的身軀——以及黑色的水手服。

「這種東西果然還是要熟練的人才用得來——」她喃喃說出這句臺詞，將十字弓丟開，看來剛才是因為箭射完了所以停手。「在下萩原子荻，再度見面，請多指教。」

「——請多指教。」

我一邊掩護小姬，一邊回應對方。又中了埋伏是嗎？看來玉藻的通知有確實傳達成功，還以為她遲鈍又迷糊，沒想到這麼能配合團體行動，挺不錯的嘛。

然而屬於玉藻身體的一部分卻掉落在半路上，那又是怎麼回事？

「原本計畫要讓你受到驚嚇，再攻其不備，結果失敗了——我的計謀向來很少失算，實屬難得。坦白招來吧，你究竟是什麼人？」

最後那句話是對我的質問，只不過——那應該是我的臺詞才對。這究竟什麼鬼學校？三個小時前才在理事長辦公室看到肢解的屍體跟懸吊的人頭，三個小時後的現在又半路踢到女孩子的人頭，而且這中間還遭遇過許多次生命危險。

戰場。

最初和子荻對峙時聯想到的字眼，再度掠過腦海。玉藻是差點就殺死我的人，因此我與她之間沒有友情沒有愛情沒有同情，什麼關係也沒有——但是看到她如此輕易就被殺死，彷彿「為了節省時間就草草結束」，看到她的首級——

「……這樣有什麼意義嗎？」

「何必思考有什麼意義，這種思考本來就沒有意義可言。我只是任何時刻都選擇最好最佳的決策而已，反正——」子荻傷腦筋地搖搖頭，此時此刻，她的頭安好地連接在脖子上。「——因為紅色征裁的出現，大部分學生都感到畏懼，全都變成廢物——這次我這麼做雖然不算最佳決策，至少也達到次佳的效果了。」

她居然用過去式講。

的確，我們已經被「將軍」，已經玩完了。對手使出連環奇招，儘管十字弓的箭一支也沒射中，但子荻卻因此而得知哀川小姐並不在我們附近。其實她原本就不打算射中吧——要制服我跟小姬，光憑她一個人赤手空拳就綽綽有餘了。

「捉迷藏時間結束——接下來是只屬於鬼的時間。」

已經陷入絕境了，是嗎？

無計可施……我們輸得一敗塗地，終究沒辦法逃出萩原子荻的鐵柵欄。

彼此勾心鬥角——卻輸得心服口服。

這樣的結果，倒也不壞。

反正守護小姬這個任務，本來就超出我的能力範圍，這種事情還是要交給哀川小姐才對。節哀順變吧，戲言玩家。

「…………來吧。」

那麼，是不是該好好地求饒。

至少我還知道——求饒的方法。

我向前跨出一步，子荻也向前跨出一步，就在此時——小姬切入我們兩個人之間。

她雙手張開，擋在我身前。真的是又小又脆弱——但意圖卻十分明確。

「嗚、嗚嗚嗚——」

小姬抖得非常厲害，卻不肯讓開，只是護著我，不肯讓開。

「…………」

子荻看到她的模樣，也停止動作，然後不耐煩地嘆了口氣。

「別做無謂的抵抗了，紫木，我可不記得學校有這樣教過。此時此地——即使是妳的笨腦袋，應該也十分清楚，自己並沒有打倒我的能力吧？」

「——這種事情——」小姬顫抖著聲音，卻毫不退讓地回應子荻。「不試試看怎麼會知道。」

「不試試看就沒辦法知道的人——簡直是無可救藥的笨蛋。」

「對，笨就笨，沒關係啊。」小姬這麼說：「如果所謂聰明的人就是像妳這樣，那我情願當笨蛋就好。」

——啊啊。

我居然——

居然會有那麼愚蠢的想法。

身為哀川潤的朋友——紫木一姬。

什麼特殊技能或奇特的能力——

她根本不需要有。

為我擔心哭泣。

為我拚命阻擋。

為我奮不顧身。

為我伸出援手。

為我——展露真心的微笑。

才不是什麼跟不上進度的笨學生。

小姬——

妳是一個——了不起的人喔。

足以和人類最強，相提並論。

「……真是——這才叫傑作啊。」

所以，有什麼關係。

就繼續陪她玩一下好朋友遊戲吧。

心情很好，非常好，好到不能再好。

此刻的我——心情真的，非常好。

好到一不小心，可能就會笑出來。

「小姬……妳一個人回去沒問題吧？」我小聲對她說：「既然剛才可以一個人追上我，現在應該也可以自己一個人回去那邊對不對？」

「……師父？你在說什麼？」

她一副真的不知道我在說什麼的表情。

怎麼看都是，如此地相像。

「我的意思是——**『這裡交給我，妳先離開』**。」

如今才是，應該兵分兩路的時機吧。這並非任意妄為，也並非膽小懦弱——而是我的戰術。怎麼樣，萩原子荻，既然身為軍師的妳，認為用**那種方式**對待玉藻也無所謂的話——我就捨去戲言玩家的身分，奉陪到底吧。

從現在開始，不再是勾心鬥角。

是以命相搏。

要將妳殺死、肢解、排列、對齊、示眾。

「可是，師父……」

「還有，雖然稍嫌晚了一點，但我要更正——也許我沒有資格成為哀川小姐的朋友，但我希望自己可以，這就是我現在的想法。所以妳對我的稱呼非常正確……對於喜歡曖昧不明又半吊子的我，確實是的確是真正是，既諷刺又名符其實。所以——」

我迅速看了她一眼，依然是不明所以的表情。「——身為弟子，怎麼可以不聽師父的話呢。」

於是小姬她——

紫木一姬點點頭——隨即下心決心，轉身就跑。

「！慢著！」

趁子荻臉上閃過錯愕的那一瞬間，我朝她衝過去。先下手為強——並不是什麼精心設想的戰術，只不過純粹想為小姬爭取逃跑的時間而已。就算萩原子荻是個再高明的「軍師」——也不得不對眼前迫切的危機做出反應。這是人類作為生物便無法改變的反射行為，想要避免這種本能，除非擁有如「人間失格」般超越反射神經的敏捷運動力——可惜子荻在體能上只不過是個普通的女孩子。

「——！」

她在千鈞一髮之際躲過我的攻擊，接著連退三步，拉開彼此之間的距離。是劍道中所謂的九步間距，進可攻退可守。

小姬的身影逐漸消失在黑暗中，子荻依依不捨地以目光追隨，然後「唉」地嘆了口氣。

「實在搞不懂……為什麼你要一直來打亂我的計畫呢？完全無法理解的行動，你以為自己是量子力學嗎？彷彿沒有任何目的可言，只要跟我做對就覺得很高興的樣子。」

目的？啊……玉藻似乎也問過我相同的問題，不過現在我已經能夠清楚地回答了。

「我的目的就是將小姬帶出這間學校。說得耍帥一點，就是提早為她舉行畢業典禮吧。」

「態度總算像樣多了，至少比輕佻的戲言要好得多。」

子荻終究不愧是子荻，即使一時疏失讓小姬這個「目的」給逃走，依舊高傲自負。即使作戰計畫被打亂依舊不慌不忙，似乎和五個小時之前遇到的那個子荻稍微有點不同。

「……或者應該說，真不愧是紅色征裁的夥伴。」

「夥伴？喂喂，我只是一個被扯進來當誘餌的小配角而已。紅色征裁哪會有什麼夥伴……所謂的夥伴，一定要是旗鼓相當才行吧，況且能夠跟人類最強旗鼓相當的傢伙不可能存在吧。」

「與『最強』旗鼓相當的，不就是『最弱』嗎？而且你說誘餌？難道還簽了戲言返回條約不成？能夠輕易地潛入這所懸梁高校，接觸到紫木一姬，讓那位紅色征裁必須借重你的協助來突破本校引以自豪的銅牆鐵壁，這樣稀有的奇才——說你只是個誘餌，誰也不會相信。」

「…………」

哀川小姐她——是因此才任用我的嗎？一開始她就打算自己潛入校園裡，所以讓我來當前線的尖兵？這個解釋的確很合理，但也僅止於合理而已。

「妳太高估我了。之前不是有說過嗎？一切純屬巧合，不過是偶然的幸運罷了。」

「要真是巧合的話，我就輕鬆多了……看來你自己並沒有察覺到，那麼我就當做送你下黃泉的禮物，好心告訴你吧。」

「下黃泉的禮物？好啊，這句話真不賴，我很喜歡黃泉呢。」

「……你所擁有的**才能**非常危險。明明自己什麼也沒做，周遭卻會莫名其妙地發生怪事……可以稱之為『無秩序最惡磁場』吧。怎麼樣，自己心裡有底嗎？在你周遭無時無刻都會發生一些異常事件，在你周圍無時無刻都會聚集一些奇人異士，我說得對不對？」

「……心裡有底，才怪。」

應該說心裡根本什麼也沒有。不，追根究柢，我連自己有沒有心都不知道。

「如果用一般人的說法，大概就是所謂的『事故頻發性體質』加上『優秀異常者引誘體質』吧。講得更簡單一點，就是純粹的troublemaker……因為你沒有任何目的跟任何意志，讓人感到非常困擾。」

尤其是對像我這樣的軍師而言——她接著說。

「所以我們又將你這種災難型的存在簡稱為『無為式』。」

漫無目的，無所為而為，為存在而存在的公式——超越零崎超越人識，只要存在就能製造麻煩的絕對方程式。

「……也難怪妳會這麼說。雖然我們很相似，但妳是有被賦予目的的，而我甚至連目的都拒絕有，所以我們終究還是截然不同。如果妳是軍師的話，那我——硬要講的話，算是詐欺師吧。」

「……是嗎——」子荻閉起眼睛點點頭。「……那麼，格殺勿論。」

前言到此結束，她一步一步慢慢朝我逼近，而我就站在原地等待，沒有任何動作。子荻似乎對我的反應感到些微的疑惑，但腳步並未停止，同樣以劍道的模式前進，直到距離縮短至一足一刀，然後——

「暫停——」

我喊出暫停。

子荻突然僵住，一臉錯愕。

「你、你怎麼——」

「別誤會了，我根本沒說過要與妳為敵啊。」

「……？這是，什麼意思？」她面露懷疑，再度與我拉開距離。「這種情況下，除了敵對以外還能怎麼樣？」

「還可以背叛。」

我理直氣壯地回答，仿照子荻對哀川小姐宣告要逃走時的姿態，沒有表現出一絲一毫的恐懼或退縮。

「背……背叛？」

「沒錯。仔細想想，妳有劍道二段的實力，我不可能打得過妳吧。連逃都不見得有辦法逃……所以我還有另一個選擇就是『背叛』，對不對？」

三寸不爛之舌——黑的也要說成白的。

「『背叛』……具體來講是什麼意思？」

「我要把小姬和哀川小姐的藏身之處告訴妳。」

「……意思就是你要出賣她們嗎？這個條件交換並不成立——」子荻又用那種打量的眼光睨著我。「反正我只要折斷你一、兩根骨頭，就可以逼問出來了。」

「那是行不通的喔。完完全全行不通的喔，子荻。如果妳用那種手段逼供，我發誓自己絕對會說謊。先聲明，我說謊的功力可是爐火純青喔。」

「我有自信可以讓你說實話。」

「但是心裡多少會有不安的感覺吧。畢竟照妳所說，我可是與哀川潤旗鼓相當的存在喔。而且這個時候我選擇『背叛』，其實具有相當大的意義，妳這名軍師應該也想得到。因為連妳自己都說過……『紅色征裁為人非常講義氣』，而講義氣的意思，同時也代表著對自己人沒有戒心──我說得沒錯吧？」

「所以，假如我傷了你──」子荻向我確認。「哀川潤可能會來報仇，但若是你選擇背叛她的話──」

「──軍師不就可以趁機抓住她的弱點，一舉攻陷了嗎？」

信賴是很可悲的事情。正因如此，背叛才會令人痛不欲生。

「……不過話說回來，這個交易，除了讓你『不會在這裡受傷』之外，對你還有什麼好處？」

「老實說我根本不在乎。呃，剛才的確是認真要幫助小姬逃走，也很有氣魄地要跟妳對決──但仔細一想，我並不那麼討厭妳，因為妳是個不把人當人看的冷血動物──這一點讓我很欣賞。」

「…………！」

聽到我的話，子荻不知為何倒退一步。我知道自己這番話很牽強，但不能因此放棄說服對手的機會，於是趁勝追擊。

「也許我是所謂的『無為式』，然而妳的行動也並非為了自己，妳和我一樣，都沒有自己選擇的目的，我們是同類。子荻，我對品格高潔無欲無求的人特別敬愛——而且我並不想跟自己欣賞的人為敵……希望我們能成為好朋友。」

「意思就是說——」

子荻的模樣有點不自然，她深呼吸一口氣，接著說——

「你對萩原子荻懷抱著個人的特殊情感是嗎？」

「……………………」

好像有點誤會……不，是完全誤會了……無所謂，誤會就誤會吧，搞不好那才是軍師的心理戰術。所以我只能貫徹自己的做法，不，不能只是貫徹而已，還要徹底收服對方。

「關於那部分，要怎麼解釋是妳的自由。啊，當然這個『背叛行動』……呃，就是妳所謂的『交易』，怎麼稱呼都行，總之，這是一場軍師與詐欺師的對決。不需要寫下白紙黑字的契約，直到分出勝負為止。或許妳現在已經被我詐欺了也不一定，如果沒有自信能以『計策』贏我的話——取消交易也沒關係，看是要折斷我的手還是打斷我的腳，隨妳高興，反正我是不會反抗的。」

「………」

子荻一時間露出傷腦筋的表情——很不自然，演技真的挺差的——然後又專注地凝視著我。

「那麼——就請你發揮看家本領，盡量欺騙我吧，詐欺師。」

說完便朝我伸出左手。

「不用妳說我也會這麼做的。我在騙人與被騙兩方面都相當擅長，尤其在面對喜歡的女孩子的時候喔。」

我以右手回應。

「…………」「…………………………啊哈。」

萩原子荻笑了，笑得真正像個十七歲的高中女生。

第十六幕——極限死亡

10

謊言是人性的終點。

於是，我就這麼背叛了哀川小姐和小姬——然而，事實究竟如何呢？呃，當然，對我而言，這是當下為了避免暴力衝突所使出的對策，只不過現在，「此時此刻」——聲稱要帶子荻前往哀川小姐藏身之處，走在全然陌生的另一棟校舍裡，此時此刻的我

——其實正處於模稜兩可的狀態。

也就是說，眼前這個時間點，我可以選擇轉向任何一方。看是要繼續將子荻帶往錯誤的方向，或者是，帶她到小姬和哀川小姐所在的理事長辦公室。如果我想背叛，隨時都可以背叛。同樣地，若想貫徹剛才的騙局，也可以貫徹到底。選項非常地分明，二選一的究極狀態。

其實應該說——

「不管選擇哪一種，結果都一樣，是嗎？」

「你說什麼？」

「不，什麼也沒說。」

「那兩個人真的在這棟校舍裡嗎？我記得紫木剛才是往完全相反的方向跑。」

「那是假動作，因為小姬也以為我一定馬上會被解決掉吧。」

「哦……是這樣嗎？」

之所以對未來無法斷言，其原因就在於——旁邊這個萩原子荻。雖然總算成功地說服她達成協議，但從剛才到現在，她的態度都相當冷淡。也許對我這個外來者態度冷淡是理所當然的，不過總覺得有什麼地方不太對勁。

更何況還加上玉藻的事情。遭到那麼殘酷的殺害，之後還被當作道具使用。那個將她當成道具使用的人，此刻就走在我旁邊，與我並肩而行。即使我並不喜歡玉藻，即使如此——

然後還有理事長的事件——犯人真的就是子荻嗎？至少目前我對此感到懷疑。和玉藻同樣地——不，是更殘酷地被肢解，首級被吊起，檻神能亞的屍體。倘若那是軍師的叛變行動，則萩原子荻與我並肩而行，是正在欺騙我嗎？身為軍師，其實對一切瞭若指掌，卻守口如瓶嗎？

關於她的部分，什麼都無法確定。

呵，思考也是會累的。真麻煩，要乾脆選擇真的背叛嗎？如此一來，或許可以和子荻成為朋友，而且和哀川小姐戰鬥似乎也很有趣，反正哀川小姐不管是敵是友，感覺都差不多。還有，子荻的頭髮真美，如果伸手去摸，她應該會生氣吧。

「你幹麼一直盯著我看？沒禮貌。」

子荻停下腳步，轉過頭來，一臉懷疑地看著我，似乎是感覺到我的殺氣（？）。這時候讓她印象打折扣可不太妙，俗話說得好，第一印象是人際關係的首要關鍵。

「不，沒事，什麼事也沒有。」

「真的嗎？」

「真的。對了，子荻——」

妳的頭髮真漂亮呢——這句話到了嘴邊，卻沒有說出口。對她而言，諸如此類的讚美，想必早就聽到膩了吧，所以很可能會被當成廢話，而我也會被認定為平凡庸俗的無聊男子。為了避免這個危險，必須把注意力放在其他點上，提出與眾不同的意見。

「我怎麼了嗎？」

「子荻，妳的胸部真大耶。」

子荻當場撲地。

……這還是我頭一次看到，一個人垂直撲地的畫面。

她從地上爬起來。整張臉通紅，紅到耳根子去，然後狠狠地瞪了我一眼，嘴唇微微張動，結果卻什麼也沒說。美麗的長髮一甩，快步朝走廊前方離去。唔，怎麼好像失敗了（枉費我這麼用心）。

算了，俗話說得好，凡事看開一點是人際關係的首要關鍵。

「啊，對了。」子荻走到半路，似乎突然想起什麼。「我還沒問過你的名字吧，沒有稱呼實在很不方便，可以的話請告訴我。」
「喔，我這輩子只告訴過別人一次自己的本名——」
這時候——
我一邊回答她，眼神不經意地掃過窗口看到樓下。目前所在地是二樓，並沒有很高，正因如此——正因如此，讓我看到了在植物園裡逗留的紫木一姬。
「…………………」
為什麼，她會在那種地方？就算走到辦公大樓需要花費不少時間……也沒必要在這個不相干的場所徘徊吧。她的身影迅速沒入樹叢間，被樹蔭遮住了看不到人，但是——我絕對沒有看錯。
「……你怎麼了？」
「不，沒事。呃……那個——」
難道，又是因為擔心我，才繞過來的嗎？因為擔心我的安危，跑回去中庭一看，發現人已經不見了，所以正在尋找我跟子荻的去向嗎？
真是——真是個麻煩的傢伙啊，簡直多管閒事。即使我具有子荻所謂的，聚集奇人異士的才能，這世上也沒有人會為別人擔心到這種地步。明明就叫她先離開，就說這裡交給我負責了，她究竟要跟「那丫頭」像到什麼地步才甘心啊。可惡……有完沒完啊，搞什麼鬼，實在令人火大。
「那個，我在問你的名字哦。」

「…………啊啊，名字是嗎……我的名字……」

子荻尚未察覺小姬的存在，如果察覺的話，搞不好會從這個窗口直接跳下去逮人，畢竟她也沒有理由非要與哀川小姐正面交鋒不可。而小姬也還沒有發現我們的存在，如果她有發現的話，就不會在那裡徘徊了。

所以……所以我，決定繼續扮演詐欺師。

「這樣吧，來玩個猜謎遊戲。」為了不讓子荻看見窗外，我整個人轉身正對著她，順勢擋住窗口。「我給妳幾個提示，請妳猜出我的名字。」

「哦，好啊，我很喜歡猜謎呢。」

我很討厭——不過當然沒有說出口。

「總共會有幾個提示？」

「三個。妳可以問我三個問題，除了不能直接問名字以外，其餘的問什麼都ＯＫ。」

「呵呵，好，開始吧。」

然後她思考一陣子。

專心地思考，連小姬的事情也暫時忘記了。

「那麼問題①：請說出你所有的暱稱。」

「暱稱？」

「比如說紫木口中的『師父』，還有紅色征裁口中的『小哥』，都是在叫你沒錯吧？諸如此類的，我想知道還有哪些。」

「喔。到目前為止曾經被叫過的稱呼，除了妳說的『師父』跟『小哥』以外，還有『伊君』、『伊字訣』、『伊兄』、『伊之助』、『戲言玩家』，以及『詐欺師』囉。」

「好像都是很遜的暱稱嘛……關鍵字就是『伊』嗎？」

「這是第二個問題？」

「不，只是確認一下而已。不過話說回來，為什麼紫木要叫你『師父』？」

「這個嘛……我才想知道為什麼咧。可能她自認為是戲言玩家的弟子吧。」

「哦……那進行下一個問題：如果把你的名字用羅馬拼音寫出來，總共會有幾個母音跟幾個子音？」

啊——雖然只是用來分散注意力的小遊戲，卻讓我微感驚訝。不愧是「軍師」，實在非常高明，不直接問我字數，這招真的很狡猾。

「母音有八個，子音有七個。」

「唔，原來如此。那麼，最後一個問題——如果把『あ』當成『1』，『い』當成『2』，『う』當成『3』……然後『ん』當成『46』，以此類推，把你的名字換算成數字，總合會是多少？」

感覺被逼到牆角了，大腦快速運轉著。

「134。」

「真是奇特的名字啊。」

子荻一臉古怪地笑著。

「對啊，搞不好是假名也不一定。畢竟我這輩子只告訴過別人一次自己的本名，並且對此引以為傲呢。」

「真的嗎？」

「嗯。而且，或許妳已經想到正確答案了，不過勸妳別說出來比較好。因為這輩子到目前為止，總共有三個人叫過我的本名，卻沒有一個還活著。」

「……只有，三個人？」

「一個叫井伊遙奈，是我的妹妹，死於飛機對撞的意外事故。一個叫玖渚友，是我的朋友，活著也不像活著，跟死了沒什麼兩樣。還有一個叫想影真心，是我的……算了，不知道該怎麼形容。這傢伙長期接受各種人體實驗，最後被烈火活活燒死。」

「都是因為叫了你的名字嗎？」

「我覺得是。」

「……那麼，我應該如何稱呼你呢？」

「都可以，隨妳高興……」

我邊說邊瞥了眼窗外。很好，小姬已經不見人影，看樣子也沒有躲起來，應該是已經平安離開了。

……我在幹什麼啊？接下來又要怎麼辦？明明都還沒有決定好要背叛還是要欺騙，卻「不顧一切」地先掩護小姬逃走，到底想怎樣？甚至連不必要的事情都講了出來，完全是個謎，不可思議。

這下可好，同時間想起三件不愉快的事情，虧我好不容易才忘記的。

……不——

其實從來也，不曾忘記。

根本無須想起，一直都，盤據在我的腦海。

「啊，對了，不好意思失陪一下。」

子荻從胸前口袋拿出跟玉藻同型的無線電對講機，接著與某處取得聯繫。

「是的——目前正在執行下一個計畫——已經找到『幫手』了。是，請放心交給我——目前所在位置是——」

這是定時聯絡嗎？情報傳遞最重要的，果然還是雙向確認。假如在戰場上讓士兵任意妄為，就沒辦法作戰了。不過既然理事長已經死亡，這種時候她到底在跟誰通話呢？是某位教職員嗎？還是傳說中的「病蜘蛛」——

「收到，報告完畢，理事長。」

子荻說完這句話，便將對講機切斷。

而我——當然沒有表露出任何動搖的反應，但內心已是一片混亂，狂風暴雨。為什麼又要再，增加我的困擾呢？剛才她說了什麼？她是誰，又為什麼這麼稱呼？

難道還有其他人被稱為理事長嗎——不，說不定剛才子荻只是在演戲——但她有什麼理由必須要演戲？

所以說，子荻並不是凶手——顯然她還不知道理事長已死的事情。仔細想想，其實我的推論完全沒有任何根據或證據，只因為玉藻和理事長同樣被殺害被肢解，我就逕自胡亂猜測。不過，若更深入思考的話——

「子荻，現在換我發問了……西条玉藻是妳殺的嗎？」

「啊？」她一臉發自內心的驚訝。「為什麼我萩原子荻，要殺死自己的同伴？」

「……呃，我只是想到，那顆人頭被放在中庭……」

「請別說出莫名其妙的話來，我並沒有那樣的**技術**，那種事情只有『病蜘蛛』才辦得到不是嗎？」

啊，經她一提我才想到，理事長的人頭跟玉藻的人頭，切面是不一樣的。理事長的切面很粗糙——而玉藻的切面非常地平滑。沒錯，小姬好像有說過——琴弦師，「病蜘蛛」——對我而言只有繩索功能的琴弦跟細線，可以當作殺人道具使用，魔術師般的奇人——

「居然說我殺害自己的同伴。我只不過是趕到現場之後，趁機把地上的人頭利用在下一步計畫而已。」

「…………」

那也夠扯了好不好。是身為「軍師」的無奈嗎？看來子荻果然還是欠缺了某些人類應有的情感。雖然懸梁高校多少該為此負點責任，然而自身的人格也算是原因之一吧。

話說回來，正因為子荻是這樣的一名軍師——所以她確實沒必要無故犧牲同伴——

讓「棋子」白白減少。就像沒有一名棋士會因為「桂馬」派不上用場，就真的將它捨棄。

也就是說，「病蜘蛛」與軍師乃相對的兩極，和子荻不同，反而比較接近玉藻的類型——狂戰士是嗎？

那麼，究竟該如何解釋呢？密室之謎，屍體肢解之謎。從切口來判斷，理事長並非「病蜘蛛」所殺，凶手另有其人。而子荻——既然她沒有殺死玉藻，原本懷疑她的理由現在也顯得薄弱了。至於玉藻——已經遇害的人就更沒有必要懷疑了吧。

果然凶手還是在「教職員」之中嗎？到現在還沒有教職員出來處理事情，的確太奇怪太可疑了。假如有人偽裝成理事長，繼續操縱子荻等學生——假如子荻這名軍師才是被吊住脖子的傀儡——

校園裡正上演著，惡靈的權力鬥爭。

如此——沒有夢想，沒有希望，沒有一絲希望的東西，居然將我，子荻，小姬，玉藻，以及哀川潤都捲進事件當中——而且、而且還以為能夠稱心如意，以為會得逞嗎？

少打如意算盤了——等著瞧吧！

「怎麼了嗎？為何突然陷入沉默。」

「不，沒事。我的興趣就是突然陷入沉默。對了，子荻，我還有一個問題——妳看不看推理小說？」

「為了什麼而看？」

她訝異地偏著頭。

「呃……為了打發時間啦，或是充實自我啦……」

「用看書的方式充實自我嗎……田山花袋曾經說過──『從書本上得到的感化遠不及從人物身上得到的感化』。」(註5)

「至少這句話並沒有叫人『把書本丟掉』，還算中肯。妳看過田山花袋的作品嗎？」

「當然，高中生都有讀過吧？」

理所當然的口氣。

「……那再一個問題──假設說……」

我將理事長的密室肢解殺人事件簡化，用戲劇性的方式說給子荻聽，並沒有告訴她這是已經發生的事實（當然也沒有說出我跟小姬就是當事者）。──管理系統嚴密的鐵門，室內出現被肢解的屍體，懸吊的人頭，窗戶是兩段鎖，房間位於頂樓，通風口只能由裡往外單向通行。

「……很簡單啊。」子荻這麼說。「哪裡有問題？」

「很簡單嗎？」

當然提出這個假設性的問題，除了詢問她的意見以外，同時也在測試「如果子荻就是凶手」時，會出現什麼特別反應。不過看樣子，她並沒有任何動搖，只是一臉的失望，似乎「題目沒有預期的困難」。

5　田山花袋（1872-1930）自然主義派小說家，著有《田舍教師》、《蒲團》等作品。

「那，答案是什麼？」

「一開始門就沒有上鎖吧。」子荻說得很理所當然。「剛才的敘述，會誤導讓人以為門一開始是鎖起來的，但其實根本都沒有確認過不是嗎？所以純粹是自己把非密室的狀態當成密室來解決而已嘛。」

曾經有人說過一句名言——「當我們判斷那是一間密室的時候，有兩種可能——那確實是一間密室。或者，那並不是一間密室」。原來如此——看起來是密室，不代表肯定是一間密室，這是常見的詭計吧。

如果想用一個謊言去圓另一個謊言，反而容易露出馬腳，所以乾脆一開始就製造出最大的謊言，接下來也就沒必要再圓謊了——是嗎？如果門一開始就「只有關起來而已」，並沒有鎖上的話，那麼殺害理事長的事件就**任何人都有可能做到**了。密室狀態純粹是我們自己的誤解——

「不，不對。」

假如第一發現者只有我和小姬兩個人的話，子荻的答案或許就是正確解答。但當時現場還有另一個人，哀川潤。有她在場，絕對不可能會發生這種錯誤研判的。

「是嗎？那麼——嗯，命案的第一現場也許不在那間屋子裡，先殺人解體後，再從某處的縫隙——比方說通風口之類的地方，依序將屍塊丟進屋內。如此一來，不必進到屋子裡，也能夠將頭顱吊在燈管上了吧。」

「可是通風口只能從室內打開。」

「所以只是比方說啊。就算不從通風口，反正屍體已經肢解了，一定找得到可以進去的空隙吧？像是垃圾通道，或排水溝之類的。」

「唔……」

「要不然，就是有複製的鑰匙囉。」

又是沒有夢想沒有希望，甚至連勇氣都不需要有的解答。話說回來，對一則死亡事件過度地要求，本來就沒什麼意義吧。

真是的，有種鑽進死胡同的感覺，搞得焦頭爛額——這句話由小姬來講不知道會被說成什麼樣子？

「……嗯？」

好像……快要想到什麼了。

「算了，問題到此為止。真抱歉啊，盡講些無聊的事情。不過，這間學校……實在很怪異呢。」

「會嗎？我可是非常喜歡這裡喔。」

「……妳從未想過，自己也許可以有個平凡正常的人生嗎？」

「你認為還有其他的人生，能讓我發揮『軍師』的專長嗎？」子荻的笑容充滿自信。「就像你的『無為式』根本沒有發揮的場所一樣——啊，對了，你有上過普通的高中嗎？」

「沒有，我連義務教育都中途就放棄了，之後……」她應該知道ＥＲ３的事情，不過可能別說出來比較好。「……呃，之後還是有報考大學，現在是鹿鳴館大學的一年級生。」

「這些都是實話嗎？」

「我沒有說謊啊，只不過，沒有說出全部的真相而已。」

「如果刻意隱瞞的話，跟說謊也沒什麼兩樣吧？」

無關乎時間地點內容順序，軍師與詐欺師之間，迂迴的對話。謊言，騙局，詐欺，隱瞞，偽裝，敷衍——真是，還有比這更虛假更違心之論的對話嗎？

「子荻，妳對將來有什麼夢想嗎？」

「我的將來只會有現實。嗯，沒錯，如果能夠順利『畢業』的話，我應該會進入神理樂就職吧。」

「就職啊……真意外呢。最後會成為諸葛孔明或是人魔漢尼拔嗎？我以為女孩子的幸福，應該是其他不一樣的東西。」

「哎呀，真是迂腐的想法，難道你想叫我去當家庭主婦？」

「我指的不是這個意思，至少我還明白，**那條路**會讓妳通往不幸的結局。算了……所謂的幸不幸福，其實說到底也只有當事人自己知道——重點是——」

為了拖延時間，我又爬樓梯往上面移動，然後繼續轉到走廊，邊前進邊問子荻。這是我真正出於好奇想問她的話。

「等我帶妳到哀川小姐所在的地點之後，妳打算怎麼做？身為軍師，妳不可能毫無準備就去向人類最強挑戰，但我實在不認為，有什麼招數會對那個一人軍團有效。」

人海戰術對哀川小姐沒用，要使詐玩陰的，也絕對沒辦法在她身上奏效。即使是我這個詐欺師，也想不出有什麼方法可以傷到哀川小姐。也許知道我的『背叛』，會讓她多少受到一點衝擊，不過那也會立刻轉化為前進的能量，哀川小姐就是如此強大的存在。

「招數——計策的話，我當然有。」

然而子荻卻說得自信滿滿。

「紅色征裁只是**人類最強的承包人，並非人類最強與承包人**——這就是我瞄準的弱點。」

「……唔。」

「就算對手是人類最強也無所謂，我的名字叫萩原子荻。在我面前，即使所有妖魔鬼怪使出陰險狡詐的手段偷襲，也沒什麼好怕的。」

意思就是，要針對哀川小姐的罩門囉？那個人豈止罩門，連弱點跟矛盾都沒有，實在是非常困難——

然後我又想到了，那個密室之謎。思考回到原點。沒錯，無論凶手多細心多周詳，對抗的卻是哀川潤。在哀川潤身上沒有弱點沒有矛盾——甚至沒有不可能也沒有不可思議，有的只是不按牌理出牌的不合常理。什麼老套的密室之謎，哀川潤在問題出現之前就會解決完畢。無論真相是「門其實沒鎖」這種無聊的解釋也好，或者是其他任何答案也好，結果都不變，對哀川小姐而言根本算不上什麼挑戰。

話雖如此，哀川小姐卻尚未解決任何疑點。

「為什麼……？」

為什麼──這才是最不合理的一點，不是嗎？身為人類最強，卻被那種小問題給困住，簡直違反自然規則。彷彿解不開謎團的名偵探，不殺人的殺人鬼，為別人而活的戲言玩家，充滿了矛盾。

如此一來──不，**正因如此**，那個肢解的屍體，不就產生了相當淺顯易懂的意義嗎？用鋸子切割──被大卸八塊的，檻神能亞的屍體。

再構築……近似式……應變……最後加以編纂。

同時，又推想到更重要的一點，關於密室這個壓倒性的老套騙局。從真相開始逆向演算，追本溯源，達到最原始的開端。

當我詢問玉藻之死的真相時，子荻回答的臺詞。

「請別說出莫名其妙的話來，我並沒有那樣的**技術**，那種事情只有『病蜘蛛』才辦得到不是嗎？」──「請別說出莫名其妙的話來」。

彷彿是在說，我為何明知故問，把應該知道的事情判斷錯誤。對了，玉藻也說過類似的話，這種不對勁的感覺，這種誤解所**衍生的意義**──假如所謂的市井遊馬，這名三年級學生，其實並不存在的話──

答案。

假如我已經知道病蜘蛛的真實身分——之前並非沒察覺，而是無法察覺，原因就在於——謊言。

我被欺騙了。

「——不、會吧……」

發出聲音的不是我，而是子荻。她在我身後停下腳步，接著——臉色慘白，眼神空洞，反應錯愕——露出絕望的表情。我不明白她為何突然浮現這樣的表情，思考也暫時中斷。

「……怎麼了，子荻？」

「剛才的、密室問題——是理事長嗎？」

「——！」

我懊悔不已。真糟糕——被她領悟到了。

對啊，連我的程度都能想到的「真相」，這間學校的軍師——萩原子荻，沒有理由想不到的。我不小心給了提示，讓她從自己說的話反推回去，加上我的態度和剛才的謎題——讓她領悟到有事情發生了，而且也猜到發生的是什麼事情。逆向推算，根本是軍師的專長。即使早就知道這個女孩子是軍師——我卻一直低估了她。居然光憑那點訊息，就能發現所有的真相。

多麼不得了的頭腦。

多麼可悲的，不幸的頭腦。

「這——騙人，理事長明明——還用無線電——」

子荻帶著似笑非笑的表情，像鬼魂般，失去原本優雅流暢的步調，輕飄飄地——晃到我面前。彷彿在求救，彷彿在尋求擁抱。

我迷惘了。該說謊嗎？這時候說謊有辦法掩飾過去嗎？就算我能夠左右她行動的方向，但能夠左右她已經察覺的真相嗎？不，問題不在於我能不能——而在於我要不要。

還要繼續對她說謊嗎？

這可不是，純屬戲言。

「快回答啊……我——」子荻幾乎要停止呼吸，氣息不穩地向我追問。「我**母親**她，該不會——」

「嗯，早就已經，被殺了。」

這一次，詐欺師沒有說謊。

2

然而子荻真正受到的衝擊，其實在下一剎那。

咻咻咻咻——

聲音劃破空氣傳來——接著，原本正要揪住我胸口的，子荻的右手

「吱——」

地一聲，宛如「拆開零件」般，脫離了手腕——失去支撐點的手掌，在空中滑稽地旋轉著，最後「咚」地一聲，墜落在沒有燈光，陰暗的走廊地板上。

「——啊……」

子荻眼神茫然地看著自己的手掌，然後又看看自己少了一截的右手。她沒有尖叫沒有哀嚎，連嗚咽聲都徹底壓抑，視線平直地——轉過身去。

一片昏暗，什麼都看不到。深沉且詭異的黑暗。在暗影中浮現出黑衣少女的身形——

「露出馬腳了呢——」

隨著這句臺詞——

「『聰明反被聰明誤』——潤小姐說的果然沒錯，真的，真的是，太失算太意外太多突發狀況了——不管是萩原學姊的事情也好，或者西条的事情也好，全部都一樣，尤其師父你更是啊，太讓人出乎意料了。我也想過潤小姐可能會派助手來幫忙，但是……沒想到居然會是**這種人**啊。」

臉上浮現陰鬱笑容的——紫木一姬出場了。

「啊，妳——」

明明手掌才剛被切斷，子荻卻毫不猶豫地——朝小姬衝過去。可惜兩者之間的距離超過九步，而這種距離——對小姬而言——

對病蜘蛛而言，根本不構成威脅。

小姬輕輕搖頭，像在說「真是沒辦法啊」，接著便伸出那雙**戴著黑色手套的手**，展現在我和子荻的面前。

「『聰明反被聰明誤』——所以——」

宛如樂隊指揮般的動作。

手指俐落地一升——一降。

「妳的意志，就此結束。」

「咻——」地一聲，在我聽到的同一瞬間，子荻的身體突然定格不動，隨即又在下一個瞬間，真的僅僅一瞬間——她全身四分五裂——整個被切割肢解了。彷彿積木般，頭部胸部腹部肩膀手腕手臂手指腰部臀部雙腿雙腳，全都按照順序規規矩矩地，一塊接一塊飛散到地板上。然後才，噴出血來。

這已經是第二次了，所以我的視力勉強能捕捉到，在空中宛如有生命般，伸展滑動著，極細的「線」。閃耀著鮮血的光澤，閃耀在黑暗中的光澤，以及，咻——咻——的，聲音。

是小姬收回細線的聲音。

「——軍師終究還是不敵狂戰士喔，「學姊」。如果妳想活命，就應該像最初那樣，發動奇襲封住我的手腳——要不然就只能在戶外行動，讓我沒辦法編出蜘蛛網。妳曾經兩度掌握到機會，卻又兩度錯失機會，當下就注定——妳輸了，萩原學姊。」

「只不過——」小姬接著說。

「我實在搞不懂呢……像妳這樣的軍師，居然會輕易踏入『敵人』的結界當中，簡直像個談戀愛的高中女生，全身上下都是破綻啊……不過這已經不重要了。」

她對著子荻滾落的人頭說完這句話，隨即轉過身來面向我，帶著一抹微微的，陰鬱的笑容。

「本來想向妳道謝的，不過……妳好像不是來救我的吧。」

「沒錯沒錯唷。」小姬點點頭。「因為萩原學姊，突然察覺了真相嘛。本來小姬我是希望盡量不要殺學生的——」

「妳已經殺了一個玉藻不是嗎？」

「啊啊，沒錯，的確是。」

她只差沒說自己不小心忘記了。

「對啊，因為目擊者會礙事嘛。」

是的——病蜘蛛。當時，我們從校舍用吊鋼絲的方法逃脫，之後小姬假裝要收回她的「線」，其實是趁機將預先纏在玉藻脖子上的琴弦用力扯動吧。

「不過那時萩原學姊已經收到通知囉，所以我還是慢了一步。」

「……可是，以妳的力量，就算用力拉扯，能夠將人的頭部給切斷嗎？」

「可以唷。我說過了啊，師父——小姬根本不需要『戰鬥力』啊。摩擦力，壓力引力重力磁力，張力應力抵抗力彈力離心力向心力，作用力反作用力，滑輪原理還有振動原理，彈力係數與摩擦係數——這個世界，充滿了各種力量。所以小姬自己不需要擁有任何『力量』啊——」

說完她手指輕動。陰暗中依稀可見，那對手套上纏繞著數十圈無數圈的「細線」，宛如傀儡師，更有如魔術師般——

我身後的玻璃，無聲無息地裂開了。

「用琴弦就可以殺人喔。」

沒錯，這才是名符其實的琴弦師。

「——真意想不到啊，所謂的病蜘蛛，原來是指這樣的技術嗎……誤會一場，不……是被誤導了。從一開始我就被妳徹底利用，完全被耍得團團轉呢。」

「我沒有耍你唷，我只是說了點謊而已。」

只不過——說謊跟隱瞞，沒什麼兩樣。

「……當妳告訴我有關『病蜘蛛』與琴弦師的事情時，我就覺得不太對勁了。明明其他方面都一竅不通，全部說得不清不楚，為何對這件事情卻特別了解，還能夠侃侃而談。」

「『病蜘蛛』使用的線，是非常本格派的琴弦……這句話也只不過是她騙局的一部分而已。其實光憑那些線就十分足夠了，無論線本身的強度如何，到了琴弦師手中，都會發揮到最極限。

至於手套的事情，也是半真半假的敘述詭計。仔細想想，根本沒有必要二十四小時都戴著手套，如果只是平常的用途，空手也可以去拿線——除非是為了要殺人，沒錯，就像現在這個情況。

逃跑……也來不及了。整條走廊上應該已經布滿了如蜘蛛網般密集的「線」，雖然用肉眼看不清楚（是故意把看得到跟看不到的線交錯在一起吧）。但可想而知，小姬用無線電確認過我們的所在位置之後，就先潛入這棟校舍，將蜘蛛網都編好了，等著獵物自動送上門。

這確實是名符其實的「蜘蛛網」，複雜的程度並非三言兩語可以帶過。要控制每一條線的位置與張力，要調整滑輪運動的作用力，要確認會碰觸到的線跟不會碰觸的線，更要熟練地只用指尖操作。姑且不論戶外，至少在不缺乏支撐點的室內——病蜘蛛真正是無敵的，而且是變化多端的戰鬥技巧。難怪當時那四個人完全不把我放在眼裡，還有玉藻一聽見小姬的聲音，立刻失去集中力，以致於在我面前露出破綻——答案就在這裡。看到比自己更強的狂戰士出場，玉藻當然無法保持冷靜，而子荻選擇在中庭埋伏也是理所當然，因為空曠的場所正是小姬的罩門。

「哈，原來如此啊……」

一踏上這層樓，我和子荻就已經陷入蜘蛛網的包圍了。

「殺害理事長的凶手，也是妳吧。」

「沒錯。」彷彿沒什麼大不了地點點頭，再用沒什麼大不了的語氣接著說：「既然全部都被發現了，只好連師父也，一起殺掉。」

「被發現了只好下手——是嗎？妳以為可以永遠神不知鬼不覺的嗎？」

「我真的這樣以為唷。一直這樣希望，一直這樣許願，一直這樣祈求唷。」

「…………」

「因為，潤小姐對自己人很講義氣嘛，她不會懷疑小姬的。」

哀川潤唯一的盲點。

不是「背叛」，而是「欺騙」。

那個人——對同伴深信不疑。

「可惜那充其量只是盲點，不是弱點啊。」小姬悲哀地說：「師父……你能了解嗎？潤小姐一直以來都過著什麼樣的人生，你應該多少知道吧？潤小姐一直都活在充滿謊言的世界，活在來不及互相了解就要先殺掉對方的世界——永遠只看到人心骯髒的一面——卻仍然毫不在意地相信別人。她完全——對小姬，沒有任何懷疑。」

可以想見，這句臺詞是含著淚水說的。然而小姬絕對沒有在哭，她睜大雙眼，直直盯著我。

「實在很糟糕呢，那麼與眾不同的哀川潤，居然比誰都講究平等，這才是她最強的地方吧。小姬實在學不來，一直到剛才為止，我都還在懷疑師父，懷疑你嘴上說交給你負責，其實心裡在盤算著要出賣我們。」

原來她回頭找我，不是因為擔心我的安危。非但如此，一開始從理事長辦公室追出來，就只是純粹為了以防萬一，為了監視我。全部都是謊言，全部都是演戲。

為我哭泣。

為我拚命地勸阻。

為我奮不顧身地追上來。

為我擋住危險。

——甚至，為我展露純真的微笑，這些全部都只是，在扮演我喜歡的女孩子，只是演戲而已。

「因為，除了自己以外，誰都不能相信嘛！」

小姬用力地說，說完便扯起嘴角，牽強地微笑，想要重現那張純粹的笑臉。然而太過勉強，只顯得扭曲不堪。

「輕易地背叛，說謊，找藉口，若無其事地輕視別人，被傷害過痛過，知道痛的感覺，所以若無其事地傷害別人。說穿了，每個人——每個人都一樣虛偽。」

「……一個人真的很寂寞嗎？」

「真的很寂寞。」毫不遲疑的回答。「雖然很寂寞——還是要一個人活下去。在背叛，欺騙，藉口中，一個人活下去。」

「是嗎……嗯，確實如此。」

「再說下去會動搖我的決心，該做個了結了。」

小姬舉起手指——就在這一瞬間，我的身體突然被「一股寒意」侵襲。啊啊，原來如此，這就是全身被「線」纏住的感覺嗎？也就是說，最初在「二年A班」和小姬碰面的時候，那種毛骨悚然的感覺——不是別的，根本就同一回事。早在初相見的那一刻，我就差點死在她手中了是嗎？鐵櫃會晃動並非錯覺，而是因為我的腳踩進蜘蛛網裡勾到線了。當時教室裡想必已經布滿肉眼看不見的，縱橫交錯的琴弦。

早就下手了。

那個時候，是出於第一次見面的警戒心。

而此刻，則是由於知道太多事情的真相。

「我已經跟潤小姐說——師父先回去了。那就到此為止囉，掰掰，永別了，師父。」

「——說到動搖，對我而言已經太遲了啊。」

正要揮下的手指——停在半空中。

「……你在，說，什麼？」

「這是我頭一次說出口吧，之前的妳……非常非常地像，像那個我年少時期曾經破壞過的女孩子。那個女孩子很開朗熱情，不知道什麼是懷疑什麼是生氣，總是笑容滿面，非常可愛的好女孩。無論我做了什麼，她都會原諒我，不計一切地喜歡我。」

「……根本，一點也不像啊。」小姬喃喃地說著，低下頭去，然後低著頭，繼續喃喃地說：「我並不是，那種可愛的好女孩。小姬的開朗，只有表面而已，我總是在懷疑別人，總是焦躁不安，而且從來也沒喜歡過誰。全部都是在演戲，是演出來的，是騙人的。我只不過刻意討好你，反正……那種什麼都好的人，根本就不可能存在的，不是嗎？」

不是相像，只是刻意模仿。

因為那種人，不可能存在。

「是啊，我也曾經這麼以為。**那種人**不應該會存在的，所以我對於**那樣的存在**——毫不留情地徹底破壞。什麼好意、什麼信賴，這些虛偽的面具，全都狠狠地踐踏狠狠地踩碎。」

「………」

「感覺非常爽快喔，心情好到最高點，只要回想起來就無比舒暢。所謂的幸福，應該就是那種感覺吧——然後……然後就開始陷入後悔的深淵。我破壞了無可取代的真心真意，而那個女孩子並不像哀川小姐一樣頑強，被喜歡的人欺負了，也只會接受一切。我早該知道會這樣的——」

為何我要說出這些話。

為何滔滔不絕地，說出自己的罪孽？

懺悔嗎？才怪。贖罪嗎？並不。

對——只是單純地想重新來過而已。

即使小姬從辦公室追出來的行動是個騙局，但兩人當時的對話，應該沒有虛假。

那並非對著我說，而是小姬對自己所說的話。

即使小姬說，全部都是謊言。
我依然認為，那其實是真話。
只不過——如果，如果真的——
如果這世界真的就像小姬所說的，如果這個世界真的就像我所想的，充滿了虛假的話——
我們就，不會有這麼多痛苦了吧。
明白嗎？
當她在子荻面前拚命保護我的時候，身體不停地顫抖，倘若連那也是演出來的——倘若連那也是作假的話，這世上恐怕就只剩下謊言了吧。假如全部都是謊言，沒有一絲一毫的真實——假如已經沒有可以比較的對象，那就，跟全部都是真實的沒有兩樣了。
「為什麼要殺死理事長？」
「不能因為她是這間學校的理事長所以就該死嗎？如果我曾經因她而遭受到任何不幸，就有正當的理由能下手了嗎？比如說朋友被殺害？或者是被強姦？又或者重要的東西被剝奪是嗎？這樣就有正當的理由去解決，就該感到慶幸嗎？少裝傻了，所謂的殺人，根本就不是這麼回事吧，師父。」
一個年紀比我小的女孩子，對我講解殺人的道理。什麼是罪、什麼是罰，十七歲的少女流暢地述說著，侃侃而談。簡直是異常狀態，即使身在這所懸梁高校的結界裡，仍然令人難以接受的異常狀態。

「那換個方式問吧。妳是因為想離開學校，才殺死理事長的嗎？還是因為想殺死理事長，才決定要離開學校，當作殺人計畫的其中一環？」

「兩者皆是，兩者皆非。」小姬用冰冷的聲音說：「因為我想破壞這所懸梁高校，想要將一切都破壞到底，消滅殆盡，寸草不留片甲不留，想要將整個校園斬草除根。」

「……一開始，妳就故意什麼也不告訴我，包括讓那兩個女孩子發現行蹤，也是故意的對吧？」

「沒錯，萬一順利逃出學校，就沒辦法去理事長辦公室了啊。我知道潤小姐一定會做出那種判斷的。」

「而且在逃跑的時候，妳被我抱在身旁，就趁機偷走口袋裡的平面圖。」

「如果有地圖就沒辦法迷路了啊。」

「在肢解理事長的時候，故意不使用琴弦，就是因為怕在哀川小姐面前露出馬腳。」

「嗯，即使瞞得過直覺，也瞞不過知覺嘛。」

「所以乾脆利用別的手段來切割屍體，藉此避開哀川小姐研判的方向。」

「說得好像你也在場一樣呢。」

「然後偽裝理事長的聲音語調，以無線電對講機操縱子荻等人，讓她們按照妳的計畫去行動。」

「完全正確。只可惜，計畫進行得並不順利呢。」

「最後——應該說謎團都解決了，前言結束，開始進入主題——小姬，想想未來的事情吧。」

「……咦？」

她一臉懷疑地看著我，那雙眼眸蘊含了壓倒性的負面情緒，拒絕一切的情感……其實被殺死也沒什麼大不了的，對於一無是處的無為式而言，也沒什麼大不了的。

但至少把該做的事情做完再死吧。

這就是——我的任務。

舉凡有我存在的場合，周遭的一切就會偏離常軌。所有的計策所有的計畫，無論做什麼都不會順利，都不會如願以償。

小姬——

我要破壞妳的目的，毀滅妳的企圖，妳的念頭妳的願望妳的祈求，就由我來全部摧毀吧。

「未來……？」

「對啊。不確定的未來會讓人感到不安，不確定的因素會使人情緒不穩……嗯，沒錯，有個光明的未來總是比較好嘛。」

「你——你在——」

「反正小姬，離開這間學校以後，妳也沒有地方可去對不對？那可以到我住的地方來，是一棟破舊的古董公寓，一樓剛好空著，房租便宜得嚇人，只要一萬元日幣，沒有浴室，不過離公共澡堂很近。雖稱不上是豪華公寓，卻能讓人住得很愉快，房客們都相當有趣。所謂的住家啊，最重要還是成員的品質，這點我可以保證喔。首先應該介紹的是淺野美衣子小姐，一位劍術家，酷酷的大姐姐，很會照顧人，她一定會對妳這個小妹妹疼愛有加的。」

「……你在，說什——」

「樓上住著一位基督徒老爺爺，本名我不清楚，不過是個很洋派的老爺爺喔，非常健談。光看到他的人就覺得很好玩，但有點危險，可別太靠近……然後是石凪萌太和闇口崩子倆兄妹，這兩人形影不離喔，哥哥看起來不太好惹，但妹妹是清純派，等大家混熟了就會發現非常好相處。」

「你在說什麼——」

「一樓現在住了一個剛搬過來沒多久的女大學生，就是小姬妳未來的鄰居，浪士社大學三年級，名字叫七七見奈波。這個女的最難搞，妳一定要用小姬式的無厘頭設法化解她的冥頑不靈。」

「你、你到底在說什麼——」

「然後我的房間在二樓，隨時歡迎來玩。至於學校嘛，反正妳也閒閒沒事做，就還是去上學吧。年輕人總不能把每天都當作星期日吃喝玩樂的吧，否則將來會找不到工作喔，所以還是去申請一間學校好了。雖然從這種莫名其妙的鬼學園出去，能不能跟上進度實在很可疑，這部分就由我來幫忙吧。也就是所謂的家庭教師囉，這麼一來，

那個稱呼也不算是有名無實了。」

「——什麼啊……」

「以後大家一起——做很多很多好玩的事情，開開心心地過日子吧。」

「你到底在說什麼啊！」小姬終於爆發了。「你馬上就要被肢解了耶！還在講什麼東西——什麼未來的生活，我才不想聽！小姬——小姬我，根本就沒有未來可言！」

「還能夠思考『未來』的事情，就證明你遊刃有餘。如果正在拚命求生的話，根本沒空想那些事情」。

此刻——我正在拚命。

反正不管做什麼，不管再怎麼拼，都會沒命。

「所以妳要跟這種鬼學校同歸於盡，要陪葬是嗎？那根本就是小孩子的無理取鬧。無端端被捲進這種女人家自暴自棄的墮落情緒，我還真是倒楣透頂啊。」

「女人家，自暴自棄的——墮落？」

「我說錯了嗎？妳的做法既卑劣又墮落——最最重要的一點，妳是個可愛的女孩子，明明比我這個臭男人勝過千百倍，卻寧願捨棄未來……其實——同為女人，妳最不想被哀川小姐討厭，沒錯吧？唯獨不想被哀川小姐看作『殺人魔』，除了哀川小姐，誰都不在乎……如果一切即將畫下句點，在最後的最後，妳其實很希望哀川小姐能在身邊，是不是？這叫做什麼，感性主義還是浪漫主義？或者只是純粹的英雄主義？……不管哪一種，都跟我崇尚的禁欲主義相去甚遠。老實說，我有點失望呢，對妳感到失望。」

「你——你懂什麼！」小姬這回真的哭出來了。並非演戲，是真正的淚水。她毫不掩飾臉上的淚痕，對著我大聲咆哮，彷彿聲帶損壞般的嘶吼，彷彿一種控訴。「少一副很了解別人心情的語氣！對於一個殺人凶手，這種麻木的心情，你懂什麼！」

「我只知道凶手是一個哭哭啼啼的小女生，幼稚的愛哭鬼。其實妳自己也很害怕對不對？害怕哀川小姐不肯接受妳，害怕哀川小姐不再相信妳，所以才會，做出這種試探的行為。」

彷彿是自己的心情，清楚地明白。

因為是自己的心情，所以很明白。

雖然是自己的心情，卻非常明白。

「『萬一被哀川潤討厭的話怎麼辦』——然後『即使沒有被討厭』，『如果做了這種事情也不會被討厭，表示自己根本是個無足輕重的存在』——」

「……啊哈哈——」

小姬突然，瞬間轉變情緒，剛才的表情消失了——無正無負，無生無死，一切情感都不存在——有如整張臉完全逆轉般——沒有任何表情。

「謝謝你，師父。」

簡潔有力，卻言不由衷地，說出感謝之詞。

「在最後，讓我做了一場美夢。」

語畢，宛如樂隊指揮般，手指輕揚——

「……是嗎，原來如此。」

失敗了嗎？

這也難怪，我連自己都照顧不好了，又怎麼可能照顧得了別人的心靈？真是一敗塗地，這才叫名符其實的無為式吧。

就算編織出再美好的夢想——

面對扭曲的現實世界，依然毫無意義可言。

無意義的無為式。

「啊，對了……我還沒問過你的名字呢。」

「…………」

最後這一刻，我又迷惘了。明明直到方才為止，都還試圖要拯救這名少女……如今卻考慮要毀了她。我開始猶豫，是否要將這名站在懸崖邊的少女推落谷底，可以的話，乾脆就毀了她也無妨。

那種感覺想必會很痛快吧。

徹底毀滅一個可憐的少女。

「既然事情走到這一步，我已經沒辦法再稱呼你為師父了……就叫你的名字吧，請告訴我。」

好，告訴妳名字，把我的名字一字不漏地告訴妳，將這團糾結的蜘蛛絲，一根不留地斬斷，如何？

「…………算了。」

我不會這麼做的。

因為已經沒有必要這麼做了。

「……**居然還有時間去換衣服啊**。」

「……？什麼？那是，你的名字嗎？」

小姬語調平靜，不疾不徐地說。

啊啊，真是——人真是好啊。

每一個人，怎麼都這麼好啊。

這麼一來，變成我是壞人了。

「我在自言自語啦……不是在跟妳說話。對了，妳曾經說過嘛。」

「……啊？」小姬瞇起一隻眼睛，一副不明白的模樣。「你沒聽清楚嗎？小姬在問你名字——」

「**這句話我跟子荻都有說過——不過第一個說的人是妳喔**。『哀川潤為人非常講義氣』這句話啊。」

「…………？」

「雖然我的確是自作主張離開了理事長辦公室……不過追根究柢，一開始把我帶來這間懸梁高校的人可是她喔。假如她不來救我的話——未免也太過分了吧？」

「…………！」

小姬立刻回頭。

在視線前方——

紅如火焰赤如華蓮。

地獄般染血的緋紅。

承包人露出嘲諷的冷笑。

只是單純地，存在著。

第七幕——紅色征裁

被欺負的一方提供理由，
欺負人的一方提供結果。

0 1

所謂的「強」，究竟是指什麼呢？如果強與弱，就跟幸與不幸同樣地，其實都只是經由比較而產生的定義，那麼否定自己以外的一切，就叫做強。而肯定自己面前的一切，就叫做弱了。即使並非如此，在判斷任何事物的時候，仍必須要先有基準和單位。是單純地擁有強盛的力量，或是存在感特別強大，還是物理上的堅固強硬，又或者是精神上的剛毅頑強？只會氣定神閒地擺出高姿態，並不能稱得上是最強。做任何事都得心應手，一切技術都出類拔萃，光憑這樣，仍無法成為萬眾景仰的最上等人。即使能將單方面的能力發揮到極限，也只不過是一個特定領域的天才而已。並非得到想要的東西就好，也不是摧毀一切就好，無論是不敗或是無敵，都尚不能成為最強的定義，光榮或名譽甚至是反義詞。那麼，究竟要擁有什麼，究竟要做到什麼，才足以定義為最強呢——絞盡腦汁思考的結果，就是陷入自我矛盾當中。

然而，假如將這些理論說給她聽，想必她會帶著一貫的嘲諷笑容，如此回答吧——
「我就是最強，最強是不需要理由的。」

「哎呀呀……」
哀川小姐緩緩張開雙臂，像在展示自己深紅色的服裝。她注視著我和小姬，臉上依然掛著嘲諷的笑容。
「真正的壓軸好戲，才**正要上場**呢。好不容易輪到我表現了，這時候還穿著黑衣服不就遜掉了嗎？唉呀，只不過離開學校回我的愛車一趟，沒想到就花了不少時間，抱歉啦小哥，我遲到囉。」
小姬**不停地顫抖**，全身都在顫抖。彷彿無法理解，為什麼哀川小姐會在那裡，不，是為什麼自己會和哀川小姐站在相對的位置上。
「沒關係啦……反正運用三寸不爛之舌爭取時間，本來就是戲言玩家的拿手絕活嘛，哀川小姐。」
「就跟你說不要叫我的姓氏……會用姓氏稱呼我的只有『敵人』——所以——」哀川小姐維持笑容，將視線固定在小姬身上。「所以妳，要用哪一種方式稱呼我呢？」
「啊，嗚——」
「妳在幹麼？」
「……啊……」

「我問妳在幹麼啊？嗯？」

「就這樣──」

小姬她──

「就這樣輕易地結束了，是嗎？」

小姬不停地顫抖。

「為什麼──」

連聲音也顫抖著，卻用盡全力。

「──為什麼行不通呢？」

用幾乎要消失的細小聲音，悲痛地嘶喊。

「有什麼不對呢？你說啊？」小姬不是對著哀川小姐，而是對著我的方向問：「我仔細想過了啊……想了好多好多，明明應該會很順利才對啊。我、我究竟──做錯了什麼？」

「……小姬──」

「為什麼會，變成這樣呢？」

「那並不是重點吧。」哀川小姐從中打岔。「『聰明反被聰明誤』──根本就是妳想得太多了，小哥也一樣，還有那邊那個頭在地上的滾小女生也是一樣啊，你們全都想太多了。啊──整條走廊都是血耶，真是的──你們這些傢伙，沒有其他事情可做了嗎？難道你們以為，所有事情都是可以用理論來說明的嗎？」

哀川小姐不耐煩地撥了撥頭髮，似乎打從心底感到無法理解。接著又歎了口氣，彷彿永恆那麼長，又彷彿剎那一樣短——

「理論這玩意兒，只不過是一加一等於二，零加零還是等於零，那麼簡單的意義而已。想看什麼漂亮的理論，去讀小學一年級的數學課本就好啦。居然依賴那麼幼稚的東西——妳們真是笨蛋中的笨蛋！」

大聲怒吼。

已經，沒了笑容——只有憤怒。

而且是，驚天動地，非常激烈的憤怒。

「什麼行不通什麼要結束了……喪家之犬少在那邊鬼叫鬼叫的！我聽了都替妳覺得丟臉！不要再惹我生氣了，妳這混蛋！啥？妳以為只有自己一個活下來詭計就得逞了嗎？不被別人發現就表示成功了嗎？擅自開始又擅自結束，開什麼玩笑啊！這麼愚蠢荒謬的鬧劇根本就不可能成功的妳這白痴！乳臭未乾的死小鬼還敢囂張！我把妳的豬腦打爆喔！」

「——啊、嗚……」

小姬淚水一顆接一顆地成串滴落，被強大的氣勢逼退一步。我身上那股被線纏住的詭異感覺消失了，在哀川小姐面前，已經沒空對付我這種小角色——況且拿人質去威脅哀川小姐，只會造成反效果而已。小姬自己也非常心知肚明吧，所以才一直做哀川小姐的朋友，不敢與她為敵。

不——或許並非基於這個理由。

雖然這也算原因之一，但小姬只是單純地——

「真沒意思——簡直無聊透頂！什麼敵人，別笑死我了！這些混帳東西，真正該做的事情都視而不見，只會白白浪費時間，找藉口說謊敷衍了事——苟且偷生的廢物！不要再怠惰了！這麼簡單的道理都不懂，根本就是逃避現實嘛！為什麼不振作一點啊，妳們這些混蛋！完全是人格扭曲，錯得離譜！」

因為……

唯有這件事，實在做不到啊。

小姬做不到，我也做不到。

然而哀川小姐，仍未停止憤怒的攻擊。

「給我抬頭挺胸、拿出自信來，對敵人大聲怒吼、不要低頭！不准放棄不准死心，不准妳們高興結束就結束！沒有人會同情死小鬼的！少跟我搖尾乞憐噁心巴拉的，你們是狗啊！為了自我陶醉就把別人牽扯進來，莫名其妙。要煩惱自己去煩惱啊，別來打擾我，像妳們那種不正常的心理，鬼才會了解！不要只會互相舔舐傷口，不要只會妥協！不要輕易就否定一切，不要拐彎抹角的肯定！其他事情怎樣都無所謂，唯獨自己的事情要靠自己做決定啊！」

「……吵死了！」

小姬緊揪著胸口，朝哀川小姐——用力瞪回去。眼淚已經，不見了。淚水消失了。

那不是一雙十幾歲小女生的眼眸——彷彿支離破碎的，喪失一切正常秩序的，病蜘蛛的眼眸。

全部都是在演戲。

所有的純真、所有的無辜、所有的行動跟友善。

全部都是在演戲——果真如此，倒也值得慶幸。

「什麼都完蛋了啊！全部被揭穿了……連人都殺了——承諾也毀了，已經背叛了——」

背叛背叛再背叛。

欺騙敵人以前，先欺騙自己人。

這些事情，不斷地，重演再重演。

這樣的小姬，實在太過悲慘，簡直慘不忍睹。實在讓人，不忍心捨棄她。

「夠了……停止吧，小姬——」

「吵死了給我閉嘴囉唆什麼！不要直呼我的名字！幹麼一副自己人的口氣，你少裝了！」

小姬大聲怒吼，死瞪著我。她兩眼圓睜，絲毫不見任何純真或可憐的模樣。然而，卻更加引人同情，令人產生無比的悲憫。

「不要對我好！不要假裝跟我做朋友，少自以為在施捨！我最討厭這種事情——噁心到了極點！」

「……小姬——」

「你什麼意思，那是什麼表情？是在同情我嗎？覺得我很可憐嗎？我還以為你只會對殺人凶手感到厭惡呢……真是多謝你的好意啊。不過——可不是只有理事長跟西条玉藻還有萩原子荻三個而已喔。」

說完她瞇起眼睛，用極不搭調的，打從心底散發出惡意的眼神，同情地看著我。

「為什麼——從頭到尾都沒有任何『教職員』或『警衛』出場，你到現在還想不通嗎？」

因為不可能出場的。**那些人**早在我潛入校園以前，就已經全部被解決掉了——

我試著想像。

辦公大樓，教職員室。

就在理事長辦公室隔著一層地板底下——完全封閉的場所。

裡面屍橫遍野，血流成河——

殺人凶手，已不足以形容。

殺人魔，甚至都望塵莫及。

在這個有限的空間裡。

四面都被牆壁阻隔，完全看不到當中的景象。無論是活著的人——還是死亡的人，直到空間崩壞的那一刻為止，都不可能被看見。

而且——

等到崩壞的那一刻降臨，已經來不及了。
「反正，這所學校終於結束了。」
「是嗎？也許吧。」哀川小姐回答：「可是妳還不能結束。」
她指著小姬。
「本小姐，是不會讓妳結束的。」
「……夠了！不要再說了，哀川小姐！一切都已經結束了！」
小姬如此決絕地用姓氏稱呼哀川小姐——接著突然舉起雙手。
咻咻咻咻——有如孩童哭泣般，聲音劃破空氣，在整條走廊上迴響。所有的攻勢都對準了哀川小姐，速度之快，根本無法以雙眼辨識。沒錯。從踏入這條走廊的那一刻起，我們就陷入小姬的蜘蛛網，被層層包圍了。以目前的能見度，即使是人類最強，也不可能完全躲過由四面八方逼近的「蜘蛛絲」。
可是紅色承包人卻——
站在原地，連閃都不閃。
看不見的線，轉瞬間緊緊纏繞在哀川小姐身上。就連小姬似乎也沒料到會發生這種事，當場停止動作，一臉錯愕地看著哀川小姐。而哀川小姐故意用很邪惡的語氣回應她。
「怎麼？難道妳希望我躲開嗎？都走到這個地步了，還猶豫什麼啊。還是說，哈哈，妳希望最後能死在我的手中，由我來結束妳的生命嗎？」

「……嗚——」

「被猜中啦？只可惜啊——我實在太～～喜歡妳了。等著瞧吧，我要徹底霸占妳的人生，絕對不會放過妳的。別以為能夠輕易死在我手中。從現在開始，我不會再讓妳有機會逃離，要狠狠地無窮無盡地愛妳愛到沒完沒了。哈，雖然妳這個笨蛋的確是去死一次重新來過比較好。」

「妳在、胡說些什、麼——」

小姬拚命咬住下唇，渾身顫抖不已。那已經不是出於恐懼，而是對哀川小姐的——憤怒。或者應該說是——狂戰士病蜘蛛的——殺氣？

「不過技巧倒是進步許多，值得嘉獎呢。琴弦尾端沒有綁石頭，居然也能夠操縱得這麼精準啊……妳可以去雜耍團表演了，永遠不用擔心被裁員耶。真有妳的，連這麼麻煩的技藝都有辦法完全融會貫通。咦，不會吧？難道妳還忘不了**那傢伙**嗎？」

明顯的嘲弄語氣，哀川小姐囂張地取笑著小姬。而小姬正處於壓倒性的優勢，面對如此不知死活的對手，她整張臉因受到屈辱而表情扭曲，忍不住憤怒地咆哮。

「妳已經死到臨頭，已經『將軍』了，還搞不清楚狀況嗎？哀川小姐！」

「一隻小小的『步兵』，沒什麼好裝腔作勢的啦。算妳倒楣，偏偏我就是與生俱來的『女王』——身為王者，就算其他的棋子逼近，也完全不放在眼裡啊。」

小姬彷彿下定決心——雖然仍有一瞬間的猶豫，但一瞬間終究只是一瞬間，她立刻將雙手高高舉起——

「結束吧！妳的意志——」

然後俐落地——

「該覺悟的是妳，我已經憤怒到神經斷裂了，死小鬼。」

然後——然後，恐怕是我看錯了吧，哀川小姐臉上，居然漾出溫柔的笑意——然後她說——

「不過妳放心吧，我和妳之間的牽絆，是怎麼切也切不斷的。」

2

手指在空中——還來不及揮落，小姬就自己摔倒在走廊地板上。應該說，感覺像是手腕被人用力一扯，整個身體失去平衡，所以直接撲地。她一臉的茫然，完全搞不清楚發生什麼事情，以非常狼狽的姿勢趴在走廊地板上。

「……啊？咦？」

「怎麼啦？不小心滑了一跤嗎？嗯？」

哀川小姐她——當然，並沒有四分五裂。完全是氣定神閒的態度，臉上掛著邪惡的微笑。小姬立刻掙扎著要爬起來，卻始終不成功，彷彿嚴重宿醉的模樣，整個人面朝下俯臥在地。

我又看看哀川小姐——看不出她有做過什麼的跡象。這是當然的了，以兩人之間相隔的距離，哀川小姐根本不可能動什麼手腳。除非發射暗器或是使用超能力，否則要將小姬拉倒根本就——

不，**不對**。

她站的位置，好像跟剛才不一樣了？

「看來妳為了增加重力和速度的變化，還刻意使用多種不同的『線』是嗎——可惜琴弦師攻擊的原理永遠只有一個，也就是利用『速度』與『細度』去切割，這跟切土司是同樣的道理吧。所以破解的方法，大致可分為兩種——一種是『緩慢的移動』，而另一種則是『快速的移動』。」

這句明顯充滿矛盾的話，從哀川小姐口中說出來。小姬完全聽不進去，只是拚命想從地上爬起，然而每次一掙扎，就被某種不知名的力量給牽制住，馬上又趴回地板。簡直就像——簡直就像**被看不見的線操縱著**——

「——啊。」

「小哥發現了嗎？沒錯，就是這麼回事。因為我沒踏入你們的『結界』——所以現在捲住我的這些線，全部都是和那雙手套直接相連的。很簡單吧？只要我的移動速度比小姬的手指更快，力道比她更強就行了。」

等我發現時——哀川小姐的位置又移動了。同一時間，小姬的手似乎也被牽動，又再度倒地。原來如此，這個原理，就跟溜狗的繩子一樣吧。只不過小姬的手指暗藏玄機，稍微一點小動作便足以致命。就這點而言，她嬌小的體型配上細短的手臂，正是琴弦師的最佳人選，上下揮舞的速度比一般人更快更敏捷，對攻擊非常有利。因此相對地，哀川小姐必須運用全身的移動去牽制她，這可不像表面上講得那麼簡單。

「琴弦作為殺人密技，最大的缺點就是從接觸到攻擊中間會有時差，而這個時差到了我手中，便成為致勝關鍵。不管妳的速度有多快——要成為我的對手，還早個一百年咧。假使速度相同，就純粹比誰的力道強，力氣大的人就是贏家——跟拔河沒什麼兩樣喔，一姬。力氣小實在是一種悲哀啊，沒有力量終究還是不行的，對不對？我不管身上這些線到底有多危險，反正只要我動得比妳快，這些東西就變成普通的裝飾品囉。哈，妳果然只適合去雜耍團表演，沒辦法跟『那傢伙』一樣成為殺人魔啦。」

「閉、閉嘴——閉嘴閉嘴閉嘴——」小姬趴在地上死瞪著哀川小姐。「我、我不相信——」

的確，實在讓人很難相信。無論如何，什麼比手指更快速的移動方法，實在太不可思議了吧。彷彿我和小姬都變成了旁觀者，不是哀川小姐太快，而是我們自己太慢的感覺。沒有任何預備動作或結束動作，簡直跟超能力沒什麼兩樣，根本就是瞬間移動嘛。

從移動開始到移動結束，一切時差都不存在，發生的同時便已經結束。

「唉——果然是乳臭未乾的丫頭啊。」哀川小姐仰起下巴，非常不屑地嘲笑著在地上蠕動的小姬。「跟妳決鬥實在很無聊，停手吧，我不想玩了。」

「停手？別開玩笑了——我還沒使出全部招數，還沒認輸呢！」小姬咬牙切齒地說。「既然直接攻擊無效，反正妳也不能踏進這裡的結界，哀川小姐——」

「真是執迷不悟耶，就跟妳說我們之間的**牽絆已經切也切不斷了**，到底有沒有聽進去啊？」

哀川小姐張開手，亮出掌心裡的電擊麻醉槍。小姬錯愕地睜大雙眼，但為時已晚，以她目前狼狽的姿勢根本沒辦法收線，況且所有的線都在哀川小姐的交叉移動中糾結成一團，要解也解不開了吧。小姬終於察覺情況不妙，正準備把手套給脫下來——

可惜，已經太遲了。

想與哀川潤為敵，還早個一百年。

哀川小姐毫不猶豫地將電擊槍對準自己的手腕，按下電源開關。

勝負決定在一瞬間——不，這個說法並不正確。

在這一瞬間來臨以前，早在一開始，在小姬企圖對抗哀川小姐的當下，所有的結果就已經注定好了。

小姬維持俯臥的姿勢，先是全身僵直，接著突然像蝦子一樣整個翻到正面來，然後又定住不動——過沒多久，身體開始冒出陣陣黑煙，最後終於像斷了線的傀儡般，昏死在地板上。看樣子已經完全失去意識了，只不過生理上的反應尚未退去，全身還在斷斷續續地痙攣著。

「哎呀呀……虧我還特地去換了造型呢。」

哀川小姐一臉惋惜地看著自己燒焦的衣服，不得已只好將裂開的部分撕掉。肩膀跟腰部都露出來，實在是非常賞心悅目的好風光，但我也不能一直盯著看，便將視線又移回小姬身上。小姬還繼續在抽搐，尤其直接遭受電擊的指尖，更是抖得厲害，彷彿擁有獨立意志的生物，不停地微微顫動著。

「嗚哇——原來人造纖維是絕緣體啊，剩下好幾根沒被燒掉，這是防彈纖維嗎？可惡，還要自己想辦法解開，麻煩死了。」

哀川小姐一邊抱怨一邊動手將身上沒被電流燒完的線給解開。那些失去操縱者的線，似乎已經亂成一團，變得很難收拾。我看著哀川小姐不耐煩的模樣，心裡暗自好笑，趁機問她「電擊槍也是為了這個用途才準備的吧」——提出這些問題，也是我的工作之一。

「喔，我不是說過了嗎？『這次是例外，因為要讓某人昏迷』啊。」

「那個人應該就是我吧。」

「咦——？為什麼？我才不會對最喜歡的小哥作出那麼過分的事情呢。」

哀川小姐裝傻地說，簡直欲蓋彌彰。

「呃，這次工作內容也包括要照顧這混蛋丫頭的生命安全嘛，如果我真要跟病蜘蛛對抗，根本就不可能讓她全身而退啊。」

這個人，有武器的時候反而會變弱嗎？

也許解說是多餘的，不過還是象徵性地說明一下吧——哀川小姐利用掌中型電擊槍，發出足以使人喪失三天記憶的電壓，直接衝擊小姬操縱的「線」，而且是在已經拿掉限制器的狀態下。電壓得到解放，提升至極限，再加上超越正常數值的電流，效果已經跟觸摸高壓電纜沒什麼兩樣，完全不比單純的電擊槍攻勢……甚至媲美火藥爆炸的威力。整條走廊到處都是火花飛濺，就連站在一旁的我，都無可避免地受到波及，實在是驚天動地的威力。

再多的琴弦，也承受不住那麼強的高壓電以及超高溫，幾乎都在一瞬間爆炸燒毀了──但這一瞬間便已綽綽有餘，足夠讓琴弦師受到最大限度的創傷。所有的「線」，除卻一部分絕緣體，其餘全都成了哀川小姐的武器。

如果對手的絕招是速度，就用更快的速度去壓制。如果對手使用線當武器，就將那些線充分利用。小姬企圖用蜘蛛網包圍哀川小姐──結果適得其反。

即使蜘蛛編出來的網再怎麼大──

老鷹也能從容自在地將它衝破。

「…………」

……同理可證，哀川小姐就算被「線」纏住，依然遊刃有餘。非但如此，她甚至還拿電擊槍抵住自己的手腕（腦子裡到底在想什麼啊），也就是說，她承受著跟小姬相同的高壓電，不，是承受了**更強的**高壓電。這簡直就是恐怖份子的自殺式炸彈攻擊，哀川小姐卻完全一副若無其事的模樣。沒有失去意識，也沒有喪失記憶，除了衣服以外，並沒受到任何創傷。或許那套衣服的裡層有特別訂製的絕緣布料──所以哀川潤才會特地先去換衣服再來……大概吧，這樣解釋確實很合理，不過我想這些細節對最強的承包人而言，並沒有一一探究的必要。這個人即使開飛機衝入火海，大概也能平安生還吧。對於超越理論的存在，硬要用理論去解釋，也只會破綻百出。就像零的階乘被定義為一而不是零，完全沒有道理可言。

「噢──！線都打結了啦！卡在皮膚裡面痛死了！喂，你這混蛋，看什麼看還不快來幫忙！你是惡魔啊！」

「……………………」

我無言地走到哀川小姐身旁，將線一根一根小心解開。雖然指尖已經有幾處裂傷，還是盡量幫忙，讓哀川小姐能自由活動。

「唔咿──阿伊，謝謝～～哇──人家最喜歡阿伊了！」

「請不要開這種玩笑。」

真的很討厭。

「唔，我只是希望平衡每個角色出場的頻率……」

「那學學彩小姐的聲音啊。」

「幹麼突然指定人物……」

「……話說回來，沒想到妳會生氣呢，真意外啊。」我看著昏倒的小姬說。「那並不是責備也不是原諒，只是單純的生氣嗎？」

「你這種人最討厭了！我連看都不想看到你，最好趕快去死一死吧，王八蛋、畜生！」

「……？」

「千賀彩。」

「呃，夠了，不要再模仿了。」

雖然聽得滿高興的。

「……哈，我這個人心胸非常寬大，就是性子很急，跟你相反呢。不瞞你說，其實我每星期都會變身一次超級賽亞人。」

「喔……」

搞不好是真的。

「我跟零崎那種說翻臉就翻臉的單純笨蛋還比較合得來，像你們這種優柔寡斷愛講理論的混蛋傢伙，講沒幾句話就可以把我給惹火。」

「……好像校園偶像劇的場景呢，雖然這裡完全不是普通的高中……」

「你是說『老師，我好希望你能多注意我』之類的劇情嗎？那是什麼年代的偶像劇啊。不過，小哥，其實沒什麼好意外的啦。」哀川小姐嘲諷地笑著。「反正就算我對這丫頭說教，她也聽不進去吧。說教的部分已經由你解決了，至於我不管說什麼，都只是安全領域的意見而已。如果對一個飢餓的人說『活著不能只靠食物，要靠上帝的每一句話』(註6)，那個人想必會回答『閉嘴，神經病！』吧？站在相似立場的你，已經

6　出自《聖經・馬太福音第四章》，耶穌被聖靈引導至曠野，受魔鬼試探時回答的話。

試圖說服過她了，我只要負責收拾善後就好。」

是這樣子的嗎？

我並不這麼認為。然而果真如此……也許本來我是有機會可以拯救小姬的。身為最惡存在的我，或許能夠拯救已經無可救藥的小姬——雖然這才真正是破綻百出又極端矛盾的想法。

「只不過，哈哈，穿著裙子實在很沒說服力啊，雖然很適合小哥。」

「請別說那種莫名其妙的話……不過，事情總算是畫下句點了。」

「喂——」哀川小姐用力敲了我的頭一下。「我說過不准擅自結束了，你沒聽懂嗎？人生這回事，就算死了也不會結束啊。」

「死了也不會結束？」真是前所未聞的嶄新見解。

「沒錯，就算你死了，也會留下屬於你的影響力。所謂的終點，其實根本就不存在。包括這丫頭也是一樣……等她再長大一點應該就會明白了吧？小哥即使不懂至少也要裝懂嘛。」

「我根本完全不想懂。」然後我又低頭看著小姬。「……接下來她要何去何從呢？既然這間學校已經毀了……事情演變至此，什麼逃學或退學的，早就不重要了吧？問題是她殺了理事長啊。」

「誰還管那麼多啊，我的任務只是要把一姬帶出去，剩下的事情不在工作範圍之內——話雖如此，也不可能真的丟著不管啦。畢竟憑這丫頭和我的交情，嗯，總要設法幫她安排後路嘛。」

「唔……」

這個人，果然還是很講義氣。

正因如此，才能成為最強中的最強吧。

「反正先送去警察局再說囉。」

「妳這爛人！」

「嗚哇——！伊君生氣了耶！我只不過是照常理講嘛！就好像『要玩脫衣撲克牌，可是正在參加耐熱比賽』耶！」

「就跟妳說不要再學了啊！」

已經沒有人能夠阻止得了哀川潤。

「哈哈哈，真是了不起的傑作啊。」

這次又換成人間失格。哀川小姐邊模仿邊走到小姬身旁坐下，隨即斂起惡作劇的表情，一臉無可奈何又憐惜地，輕輕撫摸終於停止痙攣的小姬。

「睡著的時候，怎麼看也不過是個可愛的丫頭嘛……真是的，臭小鬼。」

那種模樣，彷彿是個疼愛任性小妹的姊姊，不自覺地露出微笑來。哀川小姐絕對不是什麼溫柔的人，一點也談不上和藹可親。然而，即使如此，對於小姬這樣的女孩子，終究還是無法棄之不顧吧。

「……嗯？」

「怎麼了嗎？」

「不妙，心跳停止了耶。」

「那不就是斷氣了嗎！」

請小心使用電擊槍。

這可不是開玩笑的。

「唉呀——居然死掉了，出了什麼問題咧？」

「出人命了啦！」

「凶手就在我們之中！」

「除了妳還有誰！根本就沒有必要把電壓限制器拿掉嘛！想把人電昏用普通電壓就很夠了啊！」

「可是那樣子沒辦法把線燒光嘛。」

居然只是因為自己懶得把線解開！

「不要緊啦，馬上就會醒過來了……不用那麼慌張啦。小哥的招牌表情應該是態度冷淡吧，已經沒什麼個人特色了，要好好維護啊。」

說著說著，哀川小姐正準備動手做心臟按摩，卻似乎臨時又改變主意，重新抬起頭看著我。

「小哥，想不想試試看？難得的好機會，不會被指控為戀童癖喔。」

「請不要拿別人的生死開玩笑！拜託嚴肅一點好不好！」

「什麼嘛，你居然不要。好啦，我承認這時候做人工呼吸會有種姦屍的感覺啦。」

「就是說嘛，即使是我也不會把屍體列入考慮範圍啊——喂，這不是重點啦！」

有生以來頭一次這樣配合搞笑，完全顛覆了戲言玩家的作風。

「拜託別再鬧了！妳是得了沒辦法保持正經超過五秒鐘的怪病是不是！」

「真沒幽默感耶……好無聊喔。笨——蛋，伊君真討厭——」

這句話講完，她才終於開始急救行動。在做心臟按摩的時候，我聽到肋骨「啪啪啪」斷裂的聲音，只好安慰自己那是自然現象。經過大約五分鐘，十分鐘左右，哀川小姐說聲：「好——大功告成——」便站起身來。

「復活了復活了。」

「還真簡單耶……」

無論是生是死，是殺人還是被殺，連這種事情，到了人類最強手中，也變成可以挽回可以重來的嗎？我已經超越傻眼的境界，覺得自己是在作夢了。

其實——對這個紅色承包人而言，根本就算不了什麼吧。演戲也好謊言也好，偽裝也好欺騙也好，管它是什麼，哀川潤都沒放在眼裡，即使有——也毫無意義可言。

哀川小姐蹲下去將小姬扛到背上，再揹著她站起來。

「由我來揹吧？潤小姐已經很累了不是嗎？」

「……不——」

哀川小姐搖頭。

「這是，我的工作。」
說完就背著小姬在走廊上前進。我走在她身旁，再度向她確認。
「總之事情已經告一個段落了，對不對？學校裡已經沒有理事長也沒有軍師——所以我們只要走出這個校園就好了，沒錯吧？」
「…………」
「為什麼用點點點來回答？」
難道是在模仿明子小姐嗎？
那麼簡單，連我也會學啊。
「呃，一姬這丫頭呢——」哀川小姐沒有面向我，朝著正前方說：「雖然巧妙地操縱情報，瞞過了校內的學生。可是『對外』卻沒有做任何保密措施，所以好像已經有人知道學校裡面發生重大事件了。」
「……什麼意思？」
「就是在神理樂任職的懸梁高校畢業校友們，啊，還有檻神家族的菁英們。唔，對了，還有澄百合學園全國各分部。」
「那是什麼？一堆不吉利的集合名詞。」
「這些人全部都聚集在大門外了耶。」
「………………」
所以……回車上換個衣服才會花那麼多時間是嗎？

也就是說，現在我們的處境，又變得更危險了……

「走吧，該讓祭典落幕了。趁那些傢伙還沒進來以前，由我們搶先一步，用統領天下的氣勢，光明正大威風凜凜地走出去吧。」

哀川小姐興致高昂地說著，在視線模糊，完全看不清楚前方的走廊大步邁進。姿態悠閒，瀟灑豪放，彷彿絲毫也沒有不安的感覺。

「——真是太有趣了。」

我走在這名人類最強的身後，宛如戲言般嘆了口氣，只是默默地默默地，緊緊跟隨著她的腳步離去。

幕後——鈴蘭之譽

我（旁白）
主角

把人當成東西看待，和把東西當成人看待，姑且不論何者比較瘋狂，至少何者比較難纏是顯而易見的——因此，之後的過程全部省略，事隔數日——

我住進位於京都市區內的某家醫院，完全康復需要整整一星期，這是醫生對我的身體做出的診斷，至於究竟是什麼樣的過程才造成這樣的結果，就不再贅述了。一言以蔽之，就是最弱的存在與最強的存在並肩而行，所必須付出的代價。才弄斷區區幾根骨頭，已經很划算了吧。上回曾經答應過玖渚，下個月的月初要陪她去旅行，只要在那之前能出院就謝天謝地了。

若說住院生活很無聊，我倒覺得還好，反正向美衣子小姐借來的書才看沒幾頁，況且只要有一個可以舒舒服服躺著睡覺的地方，對我而言在哪裡其實都沒兩樣。呃，當然，異常的空間除外。

哀川小姐前來探望我，是在預定出院日期的前一天。這次她沒有敲門，看來哀川小姐熱衷敲門的症狀已經退燒了。熟悉的深紅色套裝再度登場，不知道是新訂做的，還是相同的衣服本來就準備了好幾件。

「嗨～～好久不見啦——鏘啷！喂喂喂，居然住個人病房耶，你真是有錢人啊。」

「我只是沒辦法跟別人共睡一間病房而已。要讓陌生人看見自己的睡相，光用想像的就覺得很恐怖，不得已只好多花點錢囉。」

「呵呵，那我來告訴你一個天大的好消息。」

哀川小姐隨手將東西往床上一丟。是信封，相當可觀的厚度，裡面裝了什麼東西，不必拆開看也知道，根本無須多問。

「就當作這次協助我完成任務的報酬吧。」

「不用了啦，我又不缺錢。小姬都差點沒命了，潤小姐自己也沒得賺吧，這次我就算義務幫忙囉。」

「少說得那麼清高，這種事情一定要算清楚的，俗話說得好，沒有錢就等於沒有頭嘛。」

「反正一下子斬首事件一下子絞首事件，還可以隨便吊在天花板上，人頭根本就不值錢。所以這句俗語的意思，應該是說錢一點也不重要吧。」

「哼，鬼扯。」

哀川小姐輕笑，坐到訪客專用椅上。雖然我怎麼想也不覺得她是純粹來探病的，不過算了，總不能叫她不准坐下吧。

「話說回來，無緣無故把你扯進事件當中，實在有點違反道義。嗯，這樣好了——我就模仿千賀光的聲音，表演呻吟聲讓你過過乾癮吧。」

「別鬧了。」

「啊，嗯，不要！呃啊~住手！請不要這樣！啊~不可以！求求你住手~~！」

「妳給我住口！」

「真的生氣啦？」哀川小姐似乎有點訝異，舉雙手投降。「哇——太驚人了……對不起啦。沒想到千賀光在你心目中如此神聖不可侵犯……抱歉抱歉，請原諒，我錯了。」

馬上用真姬小姐的聲音道歉。

已經學到出神入化的境界了。

「……說正事吧，今天究竟有何貴幹？」

「沒什麼事啊。你不希望我來嗎？難道你寧願事情就這樣不明不白地結束？我可是來接受發問的喔。」

「唔……對於太危險的事情，我向來抱持不深入追究的原則。不過既然如此，那我就問吧——」摸不透哀川小姐的心思，我只好自動接下去。「小姬後來怎麼樣了？」

「你這傢伙，居然從最難回答的問題先開始。唉——小姬她啊——」哀川小姐很順手地從別人送來的水果籃裡拿出蘋果，沒有削皮就直接啃起來。「因為那把電擊槍太有效了，結果發生記憶障礙，目前她住在一間祕密的醫院裡。」

「啊……」

「身體也傷得很重呢。原本就因為接受嚴格的特殊教育而留下許多後遺症，再加上那麼強烈的電流衝擊，造成全身燒傷，尤其是『琴弦』直接纏繞的手指部位，真的非常慘啊。雖然那雙手套有七成都是絕緣材質，讓電壓稍微緩和一些，不過還是傷到連鉛筆跟筷子都拿不起來。你應該也知道歐姆定律跟焦耳定律吧？（註7）」

7　與電流有關的定律。

「……真的留下很嚴重的後遺症耶。」

明明是為了不傷到人才準備電擊槍，結果卻……話說回來，再怎麼樣也比直接和哀川小姐格鬥要好得多了吧。

「**正因如此**，情況變得很棘手呢。」哀川小姐接著說：「既然產生記憶障礙，當然包括檻神能亞跟其他教職員，還有什麼萩原子荻西条玉藻之類的，殺死這些人的事情……甚至連懸梁高校的事情，大概都忘得一乾二淨了。而且既然手指留下後遺症，除非完全康復，否則再也無法使出琴弦師的絕技。這代表什麼意思，你應該明白吧？」

一瞬間，我突然想，哀川小姐說不定就是為此才故意拔掉電壓限制器的。為了將病蜘蛛的能力，連同所有黑暗的記憶，全部都封印起來。雖然這個充滿戲劇性的想法，也可能只是我自己一廂情願的感慨。

「真是棘手啊。畢竟那丫頭做過的事，並不會因此就消失，人被殺了，對方當然不肯善罷甘休。無論是檻神家族還是神理樂，都正在積極尋找這名引起軒然大波的凶手呢。」

即使當事者本身已經忘得一乾二淨，罪行也不會就此消失，懲罰更是不可避免。無論有什麼天大的理由，都必須自己負起責任，這是理所當然的事情。

「而且假如我藉此順水推舟，當作『什麼也沒發生過』，就這麼原諒一姬的話，可能也會被你輕視吧。」

「這句話真是讓我感到意外啊，潤小姐，妳會在意別人的眼光嗎？」

「哦？這個嘛，如果是『別人』的眼光，就沒啥好在意的囉。」

臉上浮現不懷好意的笑容，哀川小姐表情充滿了揶揄。雖然不明就裡，但有種被捉弄的感覺，於是我只好聳聳肩，換下一個問題。

「結局如何收尾呢？」

「懸梁高校名存實亡，徹底廢校了，完全符合一姬的期望。至於學生們……還是未知數，目前似乎正一團亂呢。對了，我們三個犯人的身分還沒有曝光。」

我是被迫成為共犯的，好嗎。

「雖然用不著擔心，不過我還是先預留了幾條後路……檻神家族那邊已經設法讓他們欠我人情，所以沒問題。神理樂這邊比較麻煩……不過對你沒有影響，不會造成困擾的。至於一姬啊……我想編個故事敷衍她，可是不知道這樣做究竟好不好。」

「就連潤小姐，也會感到迷惘吧。」

「我也不想這樣猶豫不決的啊。可是她說不定會恢復記憶，甚至手指也有可能會徹底痊癒，照顧得太過無微不至，我想也不好吧。那丫頭當初如果直接來委託我幫忙掩護殺人計畫也就算了。」

之所以沒有這麼做——大概是因為小姬無法徹底相信哀川小姐吧。那並非哀川小姐的問題，也並非小姬的問題，只是一種無奈罷了。我想小姬應該和我一樣，打從心底無法相信別人，然而她又想藉助別人的力量——結果就設計出這種不夠周全的半吊子陰謀，最後聰明反被聰明誤，自己害死自己。與其說她懼怕哀川小姐——或許不如說那是一種仰慕，希望得到認同的心情。

「……話說回來，小姬究竟為什麼要殺掉理事長……不，是為什麼會想要毀掉懸梁高校呢？究竟一開始這是個什麼樣的計畫？」

「在回答之前，我要先向你道個歉。」哀川小姐將椅子往我身旁挪近，接著把臉靠過來。「一開始我跟你說『其他部分由一姬本人來告訴你，那丫頭應該可以解說得非常詳細』——對不起，其實我是騙你的。」

「……我想也是。」

只要稍微交談過就會知道，小姬根本無法好好說明任何事情。縱然其中有一部分是謊言或演戲，也能清楚斷定這個事實。

「小姬的日語很不標準，根本不可能做詳細的說明吧。」

「因為當時我覺得你不要知道太多才比較好行動嘛，而且我怎麼也沒想到一姬會自己編套謊言騙過你啊……你知道那丫頭說話口齒不清的原因嗎？」

「唔，我有問過，她說自己是在美國長大的。」

「這樣啊。其實，並不是那麼一回事喔。」哀川小姐伸出食指，抵著我的太陽穴。

「大腦前額葉，處理語言的區域，有後天性的障礙。」

「………………」

「你應該知道前額葉是什麼性質的部位吧？主要是管理自我人格，以及溝通能力的區域。一姬的這個部位曾經**受過創傷**，因此變成有語言障礙，她根本無法理解語言啊。」

「理解……」

語言理解能力。

不，應該稱為名詞理解回路是嗎？

「所以跟那丫頭對話的時候，常會有種雞同鴨講的感覺，好像日本人跟中國人在用韓國話聊天一樣，很難產生共鳴。」

果然是病蜘蛛啊，哀川小姐笑了笑。

「所以——即使你去問一姬本人，她自己也搞不懂什麼才叫正確的動機吧。意念的溝通，原本就是一件困難的事情，那丫頭究竟基於什麼念頭才去實行殺人計畫，將是個永遠的謎。」

「關於這點，任何人都一樣吧。」

彼此能夠完全心意相通的人，怎麼可能存在呢？問題只在於要不要選擇單純地相信，或是能不能盲目地相信罷了。

也許吧，哀川小姐點點頭。

「所以接下來的解答，只是我自己推測可能的情況後歸納出來的結論而已。我想那丫頭應該一開始就設計好了吧，要把我捲進事件中，要讓我成為同伴，要對我說謊演戲，將我列入計畫的一部分。首先在逃學騷動開始以前，那丫頭就把理事長跟其他教職員都解決掉了……插句題外話，後來從教職員辦公室裡發現大量遭到肢解的屍體喔，粗估大約有三十七人份的屍塊。」

「——」

儘管早已知情，但當事件以數據的形式再度傳入耳裡，依舊令我啞口無言。三十七人——如果再加上子荻和玉藻，以及檻神能亞，就有四十人。連上個月遇見的人間失格，都還殺不到她的三分之一。

老實說，殺人的數字一旦超過十個人二十個人，正常的價值判斷便已經失去作用了。相反地，想到小姬被拘束在那個封閉的校園裡，不惜以如此激烈的方式逃離，我甚至對她湧起感嘆的心情，實在是太衝動了。

以理事長辦公室為密室，一人，以辦公大樓為密室，三十八人，然後——以懸梁高校為密室，四十人。

封閉的空間，裡面發生任何事情，從外界完全看不出所以然。真正的內幕是戰場——那真正是一個，封閉的戰場。

說穿了，其實非常非常簡單。

密室正因為完全封閉才稱之為密室，然而究竟是對內封閉，還是對外封閉——兩者之間，截然不同。

因此，才會演變到這種地步，才會發生那樣的事件。

那樣的行為，是能夠，被容許的嗎？

如何？·不良製品。

「琴弦師的琴弦，原本就是對多數人使用的戰鬥技巧，基本上並非殺人技術而是拘禁技術。要束縛一個人，用細線比用繩索還要更有效喔。所以，就先把人束縛起來，再用鋸子切割肢解，嗯，然後再以理事長專用的無線對講機連絡萩原，告知『紫木一姬脫逃』的訊息。當你潛入校園的時候，我們幫助逃學的計畫已經曝光，並不是因為那丫頭太粗心大意露出馬腳，而是她自己主動放出消息的吧。」

「她以為前往教室會合的應該是哀川小姐。」

「結果我先把你送進去，而一姬也善加利用這點……可惜當時危機四伏，稍不留意就被逮住，偏偏又不能在你面前使出病蜘蛛的絕技。」

所以……小姬一開始才會主張要留在教室裡嗎？可惜還來不及反對，我就已經採取行動了。對小姬而言，我的確是個大意外。

「接下來一如那丫頭的預料，我決定去找理事長談判……即使沒有你的出現，事情也會朝同樣的方向發展吧。畢竟如果計畫沒曝光也就算了，既然脫逃行動已經被公開，我肯定會去找能亞攤牌嘛。哈哈，那丫頭啊，真是把我的心思摸得一清二楚。」

「小姬也具備某種程度的聲音模仿跟讀心術能力嗎？」

「應該吧，不過她並非我的弟子啦。然後接下來我們一起行動，才是重頭戲開始，最重要的關鍵，就是必須和我一起發現理事長的屍體，這樣就能順理成章地扮演**被嫁禍的受害人**。」

「可是那個詭計也很危險呢……」

「越危險效果越好啊。這跟躲在講桌底下的用意是相同的，可想而知，一姬認為越冒險我就越不會懷疑她。雖然當時我也覺得凶手的殺人手法酷似病蜘蛛……不過這正是一種心理詭計吧，那丫頭未免也想太多了。」

「潤小姐本來就知道『病蜘蛛』的事情吧。」

「喔，對啊。我只是覺得小姬好像打算瞞著你，所以就沒說出來。即使撇開殺人計畫不談，這種事情應該也不太想被知道嘛。不過，你怎麼會發現那丫頭就是病蜘蛛的？西条是個例外，光看理事長被殺的事件，凶手並不一定非要是琴弦師不可啊。」

「腦中剛好靈光乍現，就是所謂的連環效應吧。只要一個環節想通了，其他環節也就全部想通，這似乎已經成為我的習慣模式。一點等於全部，全部等於一點，相對地，在那一點想通以前，就毫無頭緒可言……不過當然還是有原因的，沒事身上帶著那麼多線，實在很不合理啊。儘管小姬故意一直說話分散我的注意力，儘管當時為了逃脫現場……為了瞞著我殺掉玉藻，不得不使用琴弦……終究還是太輕率了。」

其實純粹只是因為我完全不具威脅性，根本不被她放在眼裡吧。就這點而言，我不得不說小姬的眼光很準確，關於密室之謎的真相，若非最後從那一點逆向推算，我也沒辦法找出解答吧。

「除此之外，子荻超乎尋常的警戒心也是原因之一。軍師的『計策』，如果對手只是一名程度落後的逃學生，未免太小題大作了，況且為何不使用人海戰術，也引起我的揣測。想當然耳，用人數對抗『病蜘蛛』簡直是愚蠢至極的下下策。」

「嗯。」

「再加上……能夠騙過哀川潤的人物，又豈會只是一名程度落後的逃學生呢？就如同我這名戲言玩家無法與人類最強為敵，區區的『紫木一姬』頂多成為哀川潤的朋友，尚不足以成為敵人。最後，將所有還存活的角色列出來連連看，整個名單範圍內，小姬可以畫上等號的，就只剩下『病蜘蛛』這個頭銜了。」

然後還有——最重要的一點——

在我周遭，根本不可能存在這種可愛可親又可憐的單純角色。這個確信是最最重要的線索。

「原來如此啊。不過那丫頭說她程度落後可不是騙人的喔。因為她……除了琴弦師的技術以外，真的什麼也不會，沒有任何專長可言。」

「……潤小姐想必知道一切背景……我猜她應該是在入學以前就已經學到琴弦師的技術了……沒錯吧？」

「大概吧。那是五年前的事情了。我的朋友當中有一名**學藝不精**的琴弦師——那傢伙綽號就叫『病蜘蛛』，原本只是一種貶低的稱謂。我和那傢伙曾經組成搭檔，共同完成某項任務，當時救出的對象就是年僅十二歲的紫木一姬……後來，一姬變成我跟那傢伙的仰慕者，不過我始終沒有時間多注意她……」

剛才提到前額葉的創傷，可能也是當時留下的後遺症吧。然而我要問的並非這件事情，真正要問的，只有一句話。

「那個人的名字，該不會叫市井遊馬吧？」

「嗯？」哀川小姐驚訝地抬起頭來。「你知道她？那傢伙並不怎麼有名啊。」

「呃……湊巧聽過。所以說，那個人就是……」

「沒錯，就是那丫頭真正的師父囉。」哀川小姐嘲諷地笑著。「對了，市井遊馬是懸梁高校的前任教師，因為這層關係，一姬才會進入懸梁高校的附屬中學就讀，然後一直待到現在。好，回到主題，呃——剛才說到哪裡了？啊，對對對，就是我們一起成為殺人嫌疑犯嘛。嗯，即使門被上了鎖，我也會設法破壞硬闖進去，那丫頭的預測完全賓果……真受不了，怎麼淨是一些愛耍心機的傢伙啊。之後的事情你應該比我還清楚，那就以下省略囉。」

「不想被懷疑是殺害理事長的凶手……難道之前先殺掉堆積如山的教職員就不擔心被發現嗎？」

「她大概認為，只要排除殺害理事長的嫌疑，其餘的命案我也不會懷疑到她頭上去吧。可惜那件事實在做得太誇張了。當時你們兩個相繼離開辦公室，我不得已只好出去找人，途中想說順道去教職員辦公室**打聲招呼**，結果……哈。就算懸梁高校再怎麼不正常——能夠一個人單槍匹馬做出**那種事情**的，唯有紫木一姬。」

這就是——露出馬腳的敗筆嗎？正因為相信自己不會被懷疑，才會露出馬腳。話雖如此，讓教職員留下活口也行不通，所以小姬的計畫可以說是，從最初就留下破綻了。

……不，不對。

絕對不是這麼回事。哀川小姐一定——直到在走廊聽見我跟小姬的對話為止，都完全沒有察覺真相。姑且不論她本人是怎麼想的，至少我是，真的這麼認為。

因為她，就是這樣的一個人。

「其實什麼密室之謎，除了潤小姐以外，對其他人應該沒有意義可言吧。」

「所以只要騙過我一個人就足夠囉。否則她也沒有什麼理由要殺你……啊啊，還是有，因為你察覺真相以後會生氣嘛。」

「……不過，假如一開始沒委託潤小姐去學校救人，根本也不會事跡敗露啊。與其隱瞞一個隨時可能揭穿的祕密，不如選擇徹底的矇騙……這也算是一種『聰明反被聰明誤』吧。」

「或許吧。因為那丫頭當初拜市井為師的時候，曾經對我承諾過，琴弦師的技術絕不會用來殺人。」

「話雖如此，那種技術……啊，原本是用來牽制敵人的護身術，是嗎？」

所以從頭到尾只企圖瞞過潤小姐一個人……即使並非如此，也占了一部分理由吧。雖然殺人動機如蜘蛛網般錯綜複雜，很難用三言兩語說明清楚，不過……可以肯定的是，其中一條線連結到小姬的師父——市井遊馬，而另一條線，則是緊連著哀川潤。

「可惜學校並不允許這項技術存在……應該說，本來就不應該進那種學校就讀的嘛，已經死去的傢伙，何必念念不忘……真是個笨小鬼。」

難道市井遊馬已經——不，其實我早就猜到了。

「話說回來，無論理事長的事情也好，市井遊馬的事情也好，仔細想想也不難理解啦——呃，不對，說到底還是很匪夷所思啊。」

「不過——恕我直言，潤小姐，妳實在太糊塗了。讀心術究竟是用來做什麼的啊？事後回想起來，什麼密室之謎，那種手法除了小姬以外根本別無他人嘛——」

「你自己也沒有當場想到啊。」

「我純粹是個無能者而已啊。」

應該說當時對我而言，整件事情早就不受控制，超出解謎的狀態了。

「哈，我這個人呢，與其為了保全性命而疑神疑鬼，寧願選擇相信一切，就算遭到背叛也無所謂，至少痛快嘛。」

哀川小姐笑得天不怕地不怕，絲毫不見反省之色，似乎連一點後悔也沒有，甚至，連一點傷心也沒有。

「——潤小姐，妳真的不在意嗎？」

「真的啊。我對一姬的喜歡，跟一姬的所作所為是兩回事嘛。哈哈，所以小哥差點出賣同伴的事情，我也沒有生氣啦。」

被發現了。

「不過真有你的耶，眼看快要被殺了，馬上就巧言令色對小姬動之以情。什麼可以到我住的地方來，明明五分鐘前才剛出賣人家的不是嗎？」

完全被揭發了。

「我並不覺得那算出賣啊……」

……結果說到底，哀川小姐的「講義氣」，只是出於對世界過度高估的樂觀。因為自己是最優秀的存在，所以無法理解我和小姬這種弱者，即使能理解也無法感同身受。

「我糊不糊塗是一回事，那丫頭的心情並非難以苟同啊。在那種殺人教育機構待久了，任何人都會變得不正常，都會想做出那樣的舉動，只不過一姬剛好具備了付諸行動的實力而已。」

「實力嗎……」

「看到那丫頭發育不良的體型，就不難想像她一直以來過著什麼樣的人生吧？體重可能連三十公斤都未滿咧。既然你認識玖渚，應該非常能夠了解吧。一姬跟玖渚，是有些不同的。」

「………」

「我的意思可不是要你同情她喔，只不過，希望你別因為同性相斥就過度苛責啊。」

「我一點也沒有要苛責的意思啊。這次的事件我完全是局外人，若非不小心被牽扯進去，誰做了什麼根本與我無關。」

「那就好。」

總而言之，小姬她……是無法獨力逃出那個校園的吧。琴弦師的技術確實很好用，但基本上還是防身的技巧，如果不像解決子荻那時候，事先編好蜘蛛網埋伏，就跟普通的刀子沒什麼兩樣。除非出其不意的偷襲，否則就算不是哀川小姐也能躲過，所以才——沒錯，採取和哀川小姐相同的戰術——第一步就直攻核心，當然其中多少也包含了積怨已久的憤恨情緒吧。然後又將教職員盡數殺光，再藉哀川小姐之手……

「不，不對……這樣講就不合理了。倘若只是單純地想逃出學校，直接拜託潤小姐幫忙就好，交給潤小姐就萬無一失。所以最大的動機還是為了殺人吧。假設她那位師父的死，和理事長的命令有關，那麼說不定一開始她就是為了實行殺人計畫才入學的。」

「雖然不能說是沒有關係……但我覺得沒必要想得那麼複雜啦——」

如果只是殺人，小姬自己一個就綽綽有餘，然而殺人後的逃脫行動卻需要哀川小姐的協助。一方面要設法讓哀川小姐協助逃亡，一方面又要設法不讓哀川小姐發現自己殺人的行為，完全矛盾的病蜘蛛計畫——總而言之，這就是小姬整個策略的全貌。

「或許正好相反，她其實希望我能看穿一切真相，揭發她殺人的事實也不一定呢。」哀川小姐接著說：「想要當作一種懺悔嗎？真是笨蛋啊。」

啊啊……這才是，最有可能的答案。達到一切目的，最後接受哀川小姐的制裁。對於我這種人而言，是最有魅力最難以割捨的答案。反正終究難逃一死——不如死在最強的存在手中。

走投無路，絕望中僅存的希望。

既然我們沒辦法選擇朋友，至少，希望能夠選擇消滅自己的敵人。

「在預期被拆穿的前提下進行欺騙……未免太不負責任了吧。」

「不負責任……很奇妙的說法呢。」

「嗯，對啊，實在是匪夷所思。」

「對啊，真是想不通。搞不好那丫頭，只是純粹想要跟我玩個遊戲罷了，在最後的最後。」

最後的最後……嗎？

原本就沒有要活下來的打算，也沒有要徹底隱瞞的打算……實在難以想像，但也許只是難以想像而已。直到最後，我都未能理解小姬的心情，就如同直到現在，我依然無法理解「那丫頭」的心情。

——絞盡腦汁也於事無補。

失敗者的歷史，永遠不會流傳下去。

戰士已然戰死，軍師已遭橫死。

而琴弦師，已經歷過極限之死。

結果——

小姬終究無法成為「那丫頭」的替代品，唯獨這點是可以確定的。因為玖渚友——

即使遭受破壞，也並未導致毀滅。

「反正，剛才已經提出這麼多假設了，總有一個是正確答案吧。」

接著病房裡陷入一陣沉默。哀川小姐把蘋果啃得乾乾淨淨，只剩下中心的果核，又再度朝水果籃伸出手。

「嗯——你把這玩意兒拿來吃嗎？」

她從籃子裡拿出一個跟蘋果大小相同，5×5×5的魔術方塊。

「喔，那是玖渚來探病的時候留給我的玩具。只不過我一直沒辦法破解，就放著不玩了。」

「那丫頭有來探病？她不是離開住處就沒辦法獨自一人上下樓梯嗎？」

「聽說是拜託一個叫什麼『小日』的朋友陪她一起來的。」

「啊，難怪小哥會心情不好囉……」

說著說著，哀川小姐也沒低頭看，就直接把魔術方塊全部完成，放回水果籃裡。

「話雖如此』——接著她又懶懶地開口，我知道終於要進入主題了，便坐直身子，嚴陣以待。

「經過這次事件，我算是深切理解你這傢伙的特質了喔。」

「我的特質？子荻說那稱作『無為式』。」

「啊……可以這麼說吧。其實，我是有點後悔的，這次將你捲入事件當中，也許是一個敗筆，對不對？如果你沒有出現，至少萩原子荻跟西条玉藻就不會死了，畢竟一姬原本是希望盡量不要殺害和自己處境相同的『學生』嘛。因為『教職員』是自願在懸梁高校工作——但『學生們』卻是別無選擇啊。」

子荻曾說過「沒有其他地方更能讓我發揮所長」之類的話——然而我敢斷言，一定，還是會有的，只不過子荻跟玉藻都沒發現而已，她們只是沒有找到別的理由跟目標。而我只是，沒能及時告訴她們這些話。

「不過若說那兩人會死都是我造成的，未免言之過重了吧，根本不相干嘛。」

「在你周圍經常會發生災難，經常會有人死亡。所以你啊——該怎麼說呢，是會讓別人情緒起伏不定，讓人不安的存在。周圍的人會被迫陷入異常狀態——結果就有機可乘。因此我這回找你當幫手，其實——危險性是敵友不分的，就連一姬也受到影響。她之所以會殺掉玉藻，是為了保護你的安全，包括殺掉子荻，與其說是『因為被發現真相』，更應該說是為了救出**被敵方軍師挾持**的你——不是嗎？反正一姬只有對自己的同伴隱瞞犯罪事實，而且無論密室與否，一旦屍體被發現，她根本脫不了嫌疑吧。」

「……原來如此。要這樣解讀，也是說得通。」

「只要存在就能影響別人，只要存在就能成為別人的盲點……這種傢伙不算少，一出現在身邊，就會令人情緒莫名地起伏，焦躁不安，容易失常……關於你們這類型的存在，心理學上有個說法——簡單講就是『缺陷』。當一個人在別人身上觀察到與自己相似的缺陷，會覺得彷彿自己的缺陷被揭露出來，內心便受到動搖，可能產生好感，也可能產生敵意。前者是互相療傷，後者則是同性相斥。而你屬於最高境界，自己毫無個性可言，跟誰也不像——偏偏**缺陷**又過多，所以變成跟誰都像。這一點會無意間刺激到別人的潛意識，故此稱作『無為式』。而且你非常懂得**善用特質**，消極地接受現實消極地隨波逐流，不對立不樹敵不反抗，漠視別人逃避別人，玩弄戲言不停地逃避逃跑逃亡。周圍所有人明明都受到影響——卻都無法觸碰到你，簡直就跟幽靈或惡魔在身邊沒什麼兩樣嘛。所以你周圍的齒輪總是以非常理的方式運轉，停不下來。好比說四月的事件，以及五月的事件，沒錯吧。」

「我曾對子荻說過同樣的話……『妳太高估我了』。」我緩緩搖頭。「我並沒有那麼厲害，只不過莫名地陷入危險，像隻無頭蒼蠅找不到方向罷了。」

「若要說有什麼挽救的餘地……」

哀川小姐不理會我的辯解，繼續往下講。

「就是你沒有任何目的這件事情吧。坦白說，我其實有點害怕呢，當你產生目標找到方向的時候……當你終於**有所為而為**的時候，究竟會做出什麼事情？到那時，能夠全身而退，不被你影響的，大概只有零崎那種完全與你一模一樣的傢伙吧。只要稍微和你接觸……所有人毫無例外，都會偏離常軌。你大概會以超越現在的程度，繼續影響周圍的人，繼續讓事件不斷地發生吧。」

沒錯——就像當初。

我破壞玖渚友的時候。

「怎麼聽起來，好像恐怖小說啊。」
面對我的玩笑話，哀川小姐表情未變——
突然舉起手指。
「——所以，趁現在先殺了你，也不失為解決之道。」
說完，手指俐落地，向下一劃。
「————」
什麼事——都沒有發生。
什麼也沒有發生。
「……這個玩笑，太過火了吧。」
「玩笑？你說這是玩笑？」
哀川小姐誇張地作出吃驚的表情。
「喔，當然囉，希望只是玩笑。」
「…………」
「哈哈，如果你死了，誰來給我吐槽啊。」
然後她冷笑兩聲，站起身來，說句「好，該回去了」，便將椅子歸回原位，臨走前又順手拿了一顆蘋果。
「有緣再會吧。祝你未來之路充滿美妙的不幸與悲慘的幸福。」
走到門口，準備離開病房。

望著她的背影，我說出最後一個問題。

「小姬她——」

「嗯？一姬怎樣？」

「為什麼，她要用**那種方式**稱呼我呢？」

「很簡單啊。難道你不知道——」哀川小姐反問我。「那丫頭為什麼要對你隱瞞病蜘蛛的身分，難道你還不明白嗎？明明就算被知道自己是琴弦師也沒什麼妨礙的，偏要說自己只是程度落後的笨學生，理由你真的不明白嗎？」

「……我怎麼會知道啊。」明明是自己先發問的，我卻低下頭，逃避哀川小姐的視線。「大概是想讓我放鬆戒心吧？假裝頭腦不好的高中女生，就不會被防備了。」

「才不是咧，笨蛋。哼，簡單講就是移情作用嘛。在一個誰都像誰都不像的人身上，投射心中的影子——」哀川小姐笑得不懷好意。「就跟你在那丫頭身上看到玖渚友的影子一樣啊，完全是一廂情願的錯覺。」

如同我在小姬身上看到玖渚。

小姬在我身上，看到了誰呢？

「……我和小姬，還有機會再見面嗎？」

「放心吧，就算你不願意我也會讓她很快出現在你面前的。」

就這樣，紅色承包人轉身離去，消失在我的視線裡。一如往常，在最後的最後，徹底攪亂我的心緒，然後一走了之。已經解決的謎團並沒有得到更多解釋，反而留下更多新的牽掛。

真是……專門製造煩惱的公主，弦外之音的皇后，暗示隱喻的女王。居然埋下那麼多大大小小的伏筆，故意不講個清楚。追根究柢，姑且不論玉藻的事情，子荻會被殺還不是因為哀川小姐自己跑去換衣服，實在很想吐槽她。

「所謂沒有個性，也就是什麼都有可能嗎……每個人都對我期待過高了……天大的誤會啊。」

我只不過是個，稍微喜歡自言自語，缺乏想像力的灰暗的十九歲而已。

正陷入沉思，護士小姐就緊接在哀川小姐離去之後，端著托盤進入病房。看樣子哀川小姐似乎是察覺護士小姐的氣息才離開的，真是宛如忍者般的人物。

「剛才從你房間出去那位造型很像替身使者的美女，是誰啊？伊伊的訪客嗎？」

護士小姐邊回頭看門外邊興味盎然地問我。

「是伊伊的大姊？還是表姊？」

看來親戚這個說法很有說服力。

「……喔，是我女朋友啦。」

「咦——？」

馬上受到質疑。

「唉，對方一廂情願地迷戀我，實在很傷腦筋啊，居然追到這種地方來。至少住院時期讓我一個人清靜清靜嘛。」

「是是是，原來如此啊。」

護士小姐顯然完全不相信。

「別看她外型酷酷的，兩個人獨處的時候可聽話了，不管我說什麼都百依百順呢。」

「是是是——真令人羨慕的幸運兒啊——伊伊的女人緣真——好啊。」

護士小姐邊說邊將塑膠盤放上桌面。

「LOVE～♪LOVELOVE～♪」

這家醫院究竟為什麼，要雇用個性如此奇特的護士？我莫名地覺得火大（更覺得無力），於是改變話題。

「護士小姐，妳看不看推理小說？」

「是護理師唷。」被糾正了。這就像軍師跟謀士一樣，根本沒什麼差嘛，真是斤斤計較的人。「嗯，看是會看啦，有什麼事情嗎？」

「考妳一個問題——」我拿起哀川小姐留下的信封，打開來確認裡面的東西，一邊對護士小姐說話。「在某處有一個房間，門鎖是以指紋辨識系統控制的，除了屋主，沒有人可以從外側開鎖或上鎖。好，假設某天妳和兩位朋友，一行三人進入那間房裡，因為房門鎖著，妳們是破壞辨識器硬闖的。結果一進門就發現屍體，屋主已經被殺害肢解了。」

「啊啊，密室殺人耶，真懷念。」護士小姐微笑著。「指紋系統呢……好像魯邦三世喔。」

「那麼，犯人是使用什麼手段，才完成這個不可能的殺人事件呢？」

「唔，這個嘛——啊，我想到了，簡單簡單——」護士小姐放好餐具，轉向我接著說。「先將被害人肢解，然後只把其中一隻手掌帶出去，就能用指紋上鎖了對不對？肢解屍體只是一種障眼法，真正的目的只是為了要把手掌切下來帶走，因為『房間鑰匙』就是那隻手嘛。而且剛死的屍體還會殘留一點活體反應啊。哈哈哈，這才是名符其實的不擇『手』段呢。」

「……………」

「眼前出現肢解的屍體，會當場受到驚嚇而失去冷靜，這時候就算少了一個部位也沒人會注意到吧。沒錯，所以凶手一定在這三個人之中，而且一定是最後走進房間裡的那個人。先將手掌藏在背包之類的地方，等發現屍體了，再趁其他兩人不注意的時候偷偷放到某個角落去。哇——真是亂來的詭計呢。」

「……………」

在護士小姐回答的時候——我看了眼信封裡面。是一大疊鈔票——以及，一張照片。如果沒猜錯，應該就是，小姬從我口袋抽走平面圖時，一起回收的，那張照片吧。

上面有小姬發自內心微笑的，那張照片。

「我會讓她很快出現在你面前的——」

原來如此，承包人。

實在——高招。

還耍什麼酷，明明最會為別人著想。

小姬當時究竟是以什麼樣的心情從我身上拿走這張照片，我不得而知。雖然不了解，卻又覺得可以體會。這張照片其實是一份回憶，是哀川小姐和小姬初相識時的，一份回憶。絕對不會曖昧不明的——與未來性質截然不同的，名為過去的回憶。

「嗯——？喂喂，人家正在回答你的無聊問題，你居然自己看照片看到出神。那是誰啊？女朋友？」

「這個看起來會像女朋友嗎……」我在這名護士眼中，究竟被看成什麼樣的人啊。

「沒有啦。這只是一個……普通朋友。」

「可是你剛才看照片的眼神很溫暖很有感情耶——好像在看女兒還是徒弟的眼神呢。」

「是嗎？……也許吧。」

小姬從我身上偷走這張照片，是唯一無關乎殺人或犯罪的，純粹的詐騙。完全毫無惡意的行為。只因為她自己想要，才從我身上拿走的吧。所以說，小姬為了取回這張照片，勢必會再度出現在我面前。雖然不清楚小姬目前在哪裡做些什麼——也不知道接下來，哀川小姐打算如何為小姬做安排，不過……至少有這一點確信，就當作被騙一次放棄胡亂猜想也不錯。

小姬無法成為那丫頭的替代品，但是——無所謂，就順其自然吧，我還有許許多多想要告訴小姬的事情。

沒錯，好比說，如何成為一名戲言玩家。

對小姬而言，或許正需要一個像我這樣的——負面教材。

「啊，對了，照片的事情不重要，剛才那個謎題的解答呢？我應該答對了吧？快講嘛，伊伊，告訴我啊。」

護士小姐盯著我看，我故意冷淡地揮揮手，沒有答腔。想當然耳，正確答案根本用不著說，這麼簡單的問題，全世界會解不開的——

嗯，大概只有一個人吧。

人類最強，同時也是心地最好的小姐。

「答錯了，大錯特錯。居然懷疑自己的朋友，妳這個人，真是過分啊。」

「大騙子。」

「對啊。」

《ZigZag Highschool》 is the END.

後記——

所謂「盛情難卻」往往意思曖昧不明，而且有種強押給別人，甚至是種施恩求報般的態度，然而稱得上是「盛情」的明確信念對周圍有著明確的壓力卻是難以否定的事實，難道只是我的錯覺嗎？不，應該大部分的時候都是我的錯覺吧，然而，我嘗試將「盛情」置換成「壓力」，大多的狀況都能說得通，而且翻閱到這裡，發現自己隨意說的一句話做的一件事，也會帶給周遭人意想不到的影響，老實說令人大吃一驚。沒有什麼比自己的存在猶如世界中心般的想法更愚蠢至極的，然而同樣地，自身的存在對這世界完全不會造成影響而為所欲為，沒有什麼比這行為更無聊的。壓力與壓力互相碰撞，因此而形成的世界，那是由非常微妙的恐怖平衡成立的，脆弱得彷彿針一戳就破的氣球般，反正用一句話形容就像走在蜘蛛網上一樣，可想而知，「個人的志」想必會破壞那樣的平衡。話雖這麼說，當然也不是那麼誇張，但完全感受不到這種壓力不按牌理出牌的人雖然少卻仍然存在，需小心別一副什麼都懂的樣子。

本書是戲言系列第三集。如各位所見，沒有任何主題，沒有任何值得探討的意見，說不定連盛情志也找不到的故事內容，以戲言玩家之名的詐欺師從最初到最初都只做出對自己有利但矛盾至極的論述，也就是一個無所為無所想的故事。有肯定否定，有逃走有投降，有尊敬也有憎恨。更何況戲言玩家不可能教導別人什麼，本想乾脆連副標都是「戲言玩家的梯子」算了，在最後一刻打消了這念頭。本書是戲言系列的轉換點，雖然這樣的說法聽起來很帥，很可惜並非如此，語言並未轉換，而且順利地走在戲言的道路上。《懸梁高校　戲言玩家的弟子》就是這樣的感覺。

本書也成為西尾維新文庫的第三本書，彷彿有告一段落的感覺。承蒙插畫家竹老師以及講談社文庫出版部等各方一直以來的鼎力相助，我完全是為了報恩而活到現在。當然我也以寫小說的形式來回報讀者們的愛戴，今後也請繼續不吝賜教，希望至少能不辜負各位的期望。再會。

西尾維新

浮文字
懸梁高校　戲言玩家的弟子
（原名：クビツリハイスクール　戯言遣いの弟子）
作者／西尾維新　插畫／take　譯者／陳君怡、李惠芬
發行人／黃鎮隆　副總經理／陳君平
副理／洪琇菁　國際版權／黃令歡
執行編輯／呂尚燁　美術編輯／李政儀
企劃宣傳／邱小祐
發行／英屬蓋曼群島商家庭傳媒股份有限公司城邦分公司　尖端出版
台北市中山區民生東路二段一四一號十樓
電話：（〇二）二五〇〇—七六〇〇（代表號）
傳真：（〇二）二五〇〇—一九七九
中彰投以北經銷（含宜花東）／楨彥有限公司
電話：（〇二）八九一九—三三六九
傳真：（〇二）八九一四—五五二四
雲嘉經銷／威信圖書有限公司　嘉義公司
電話：（〇五）二三三—三八五二
傳真：（〇五）二三三—三八六三
客服專線：〇八〇〇—〇二八—〇二八
南部經銷／威信圖書有限公司　高雄公司
電話：（〇七）三七三—〇〇七九
傳真：（〇七）三七三—〇〇八七
一代匯集／香港九龍旺角塘尾道六十四號龍駒企業大廈十樓B&D室
電話：（八五二）二七八三—八一〇二
傳真：（八五二）二七八二—一五二九
馬新經銷／城邦（馬新）出版集團　Cite(M)Sdn.Bhd.
E-mail：cite@cite.com.my
法律顧問／王子文律師　元禾法律事務所
台北市羅斯福路三段三十七號十五樓
二〇二〇年八月二版一刷

■中文版■

郵購注意事項：
1. 填妥劃撥單資料：帳號：50003021戶名：英屬蓋曼群島商家庭傳媒(股)公司城邦分公司。2. 通信欄內註明訂購書名與冊數。3. 劃撥金額低於500元，請加附掛號郵資50元。如劃撥日起 10～14日，仍未收到書時，請洽劃撥組。劃撥專線TEL：(03) 312-4212 ・ FAX：(03) 322-4621。E-mail：marketing@spp.com.tw

國家圖書館出版品預行編目資料

懸梁高校 戲言玩家的弟子 / 西尾維新 著 ; 譯.--1版.
--臺北市：尖端出版, 2020.08
面 ; 公分.--(浮文字)
譯自:クビツリハイスクール 戯言遣いの弟子
ISBN 978-957-10-8934-8

861.57　　　109004977